I0762304

The Fables of Jean de La Fontaine

BILINGUAL EDITION
ENGLISH-FRENCH

Les Fables de Jean de La Fontaine

THE FABLES OF JEAN DE LA FONTAINE, BILINGUAL EDITION: ENGLISH–FRENCH

Sleeping Cat Press (an imprint of Sleeping Cat Books)
http://sleepingcatpress.com
http://sleepingcatbooks.com

Cover design: Sarah E. Holroyd
Interior design: Sarah E. Holroyd

ISBN-13: 978-0-9914407-7-1

The French versions of these fables come from Jean de La Fontaine's *Fables (1668–1694) Livre I* and *Livre II.*

The English versions of these fables come from *The Fables of La Fontaine* translated by Elizur Wright, published in Boston in 1841.

Dust jacket cover image: *Fable of the Fox and the Heron* (reversed horizontally) painted before 1657 by Frans Snyders (1579–1657)

Table of Contents

Also available from Sleeping Cat Books

Bilingual Editions (English–French)
The Picture of Dorian Gray
Selected Works of Edgar Allan Poe
Candide
Shakespeare's Sonnets
New Fairy Tales for Small Children
The Count of Monte Cristo, Unabridged, Vols. 1–3

Other Works
A Dickens Christmas: A Christmas Carol and Other Stories
The Storm is Coming: An Anthology
Trip of a Lifetime: An Anthology
Lords of the Housetops: Thirteen Illustrated Cat Tales

Introduction

Jean de La Fontaine was one of the most widely read French poets of the 17th century. Born in Château-Thierry in 1621, his literary career did not truly begin until he was in his thirties and spending most of his time in the French capital, Paris. Among La Fontaine's most famous works are his collections of fables, issued in several volumes between 1668 and 1694. The earliest of these books, from which the current collection was drawn, were mostly adapted from the works of Aesop, Babrius, and Phaedrus. La Fontaine initially wrote his rhyming fables for a sophisticated audience, but the poems were regarded as an excellent source of moral education for children and were used by educators and parents alike to instill proper values in their charges.

La Fontaine died in Paris in 1695 at the age of 73. His remains now reside in the famous Père Lachaise Cemetery.

Learning a foreign language can be difficult. A common method of practicing sentence structure and increasing vocabulary is to read fiction or poetry in the foreign language. But pausing to consult a dictionary or grammar reference can break your concentration and disrupt the flow of the story. With a bilingual text, the native language text that corresponds to the foreign language is on the facing page, making it a much simpler matter to glance across the spine and consult the familiar wording.

Sleeping Cat Books is proud to present this addition to our series of bilingual English–French books. Elizur Wright, the original English translator, kept each fable as a rhyme, following the original style of La Fontaine. This means that there is not always a direct line-for-line correlation between the two versions. We have introduced line breaks where necessary to keep the versions as similarly spaced as possible.

We hope you find this volume useful as you expand your understanding of the new language.

Sarah E. Holroyd

The Fables of Jean de La Fontaine

Les Fables de Jean de La Fontaine

The Grasshopper and the Ant

A Grasshopper gay
Sang the summer away,
And found herself poor
By the winter's first roar.
Of meat or of bread,
Not a morsel she had!

So a begging she went,
To her neighbour the ant,
For the loan of some wheat,
Which would serve her to eat,
Till the season came round.
"I will pay you," she saith,
"On an animal's faith,
Double weight in the pound
Ere the harvest be bound."

The ant is a friend
(And here she might mend)
Little given to lend.
"How spent you the summer?"
Quoth she, looking shame
At the borrowing dame.
"Night and day to each comer
I sang, if you please."
"You sang! I'm at ease;
For 'tis plain at a glance,
Now, ma'am, you must dance."

La Cigale et la Fourmi

La cigale, ayant chanté
Tout l'été,
Se trouva fort dépourvue
Quand la bise fut venue.
Pas un seul petit morceau
De mouche ou de vermisseau

Elle alla crier famine
Chez la fourmi sa voisine,
La priant de lui prêter
Quelque grain pour subsister
Jusqu'à la saison nouvelle
«Je vous paierai, lui dit-elle,
Avant l'oût, foi d'animal,
Intérêt et principal.»

La fourmi n'est pas prêteuse;
C'est là son moindre défaut.

«Que faisiez-vous au temps chaud?
Dit-elle à cette emprunteuse.

—Nuit et jour à tout venant
Je chantais, ne vous déplaise.
—Vous chantiez? j'en suis fort aise.
Eh bien: dansez maintenant.»

The Raven and the Fox

Perch'd on a lofty oak,
Sir Raven held a lunch of cheese;
Sir Fox, who smelt it in the breeze,
Thus to the holder spoke:—

"Ha! how do you do, Sir Raven?
Well, your coat, sir, is a brave one!
So black and glossy, on my word, sir,
With voice to match, you were a bird, sir,
Well fit to be the Phoenix of these days."

Sir Raven, overset with praise,
Must show how musical his croak.
Down fell the luncheon from the oak;
Which snatching up, Sir Fox thus spoke:—
"The flatterer, my good sir,
Aye liveth on his listener;
Which lesson, if you please,
Is doubtless worth the cheese."
A bit too late, Sir Raven swore
The rogue should never cheat him more.

Le Corbeau et le Renard

Maître corbeau, sur un arbre perché
Tenait en son bec un fromage.
Maître renard par l'odeur alléché
Lui tint à peu près ce langage:

«Hé! bonjour Monsieur du Corbeau
Que vous êtes joli! que vous me semblez beau!
Sans mentir, si votre ramage
Se rapporte à votre plumage
Vous êtes le phénix des hôtes de ces bois»

A ces mots le corbeau ne se sent pas de joie
Et pour montrer sa belle voix
Il ouvre un large bec laisse tomber sa proie.
Le renard s'en saisit et dit: «Mon bon Monsieur
Apprenez que tout flatteur
Vit aux dépens de celui qui l'écoute:
Cette leçon vaut bien un fromage sans doute.»

Le corbeau honteux et confus
Jura mais un peu tard, qu'on ne l'y prendrait plus.

The Frog that Wished to be as Big as the Ox

The tenant of a bog,
An envious little frog,
Not bigger than an egg,
A stately bullock spies,
And, smitten with his size,
Attempts to be as big.

With earnestness and pains,
She stretches, swells, and strains,
And says, "Sis Frog, look here! see me!
Is this enough?" "No, no."
"Well, then, is this?" "Poh! poh!
Enough! you don't begin to be."
And thus the reptile sits,
Enlarging till she splits.

The world is full of folks
Of just such wisdom;—
The lordly dome provokes
The cit to build his dome;
And, really, there is no telling
How much great men set little ones a swelling.

La grenouille qui veut se faire aussi grosse que le bœuf

Une grenouille vit un bœuf
Qui lui sembla de belle taille.
Elle, qui n'était pas grosse en tout comme un œuf,

Envieuse, s'étend, et s'enfle et se travaille,
Pour égaler l'animal en grosseur,

Disant: «Regardez bien, ma sœur;
Est-ce assez? dites-moi: n'y suis-je point encore?
Nenni.—M'y voici donc?—Point du tout.—M'y voilà?
—Vous n'en approchez point.» La chétive pécore

S'enfla si bien qu'elle creva.

Le monde est plein de gens qui ne sont pas plus sages.

Tout bourgeois veut bâtir comme les grands seigneurs,
Tout prince a des ambassadeurs,
Tout marquis veut avoir des pages.

The Two Mules

Two mules were bearing on their backs,
One, oats; the other, silver of the tax.
The latter glorying in his load,
March'd proudly forward on the road;
And, from the jingle of his bell,
'Twas plain he liked his burden well.

But in a wild-wood glen
A band of robber men
Rush'd forth upon the twain.
Well with the silver pleased,
They by the bridle seized
The treasure-mule so vain.

Poor mule! in struggling to repel
His ruthless foes, he fell
Stabb'd through; and with a bitter sighing,
He cried, "Is this the lot they promised me?
My humble friend from danger free,
While, weltering in my gore, I'm dying?"

"My friend," his fellow-mule replied,
"It is not well to have one's work too high.
If thou hadst been a miller's drudge, as I,
Thou wouldst not thus have died."

Les deux mulets

Deux mulets cheminaient, l'un d'avoine chargé,
L'autre portant l'argent de la gabelle.
Celui-ci, glorieux d'une charge si belle,
N'eût voulu pour beaucoup en être soulagé.
Il marchait d'un pas relevé,
Et faisait sonner sa sonnette:

Quand, l'ennemi se présentant,
Comme il en voulait à l'argent,
Sur le mulet du fisc une troupe se jette,
Le saisit au frein et l'arrête.

Le mulet, en se défendant,
Se sent percé de coups; il gémit, il soupire.

«Est-ce donc là, dit-il, ce qu'on m'avait promis?
Ce mulet qui me suit du danger se retire;
Et moi j'y tombe et je péris!

—Ami, lui dit son camarade,
Il n'est pas toujours bon d'avoir un haut emploi:
Si tu n'avais servi qu'un meunier, comme moi,
Tu ne serais pas si malade.»

The Wolf and the Dog

A prowling wolf, whose shaggy skin
(So strict the watch of dogs had been)
Hid little but his bones,
Once met a mastiff dog astray.
A prouder, fatter, sleeker Tray,
No human mortal owns.

Sir Wolf in famish'd plight,
Would fain have made a ration
Upon his fat relation;
But then he first must fight;
And well the dog seem'd able
To save from wolfish table
His carcass snug and tight.

So, then, in civil conversation
The wolf express'd his admiration
Of Tray's fine case. Said Tray, politely,
"Yourself, good sir, may be as sightly;
Quit but the woods, advised by me.
For all your fellows here, I see,
Are shabby wretches, lean and gaunt,
Belike to die of haggard want.
With such a pack, of course it follows,
One fights for every bit he swallows.
Come, then, with me, and share
On equal terms our princely fare."

"But what with you
Has one to do?"
Inquires the wolf. "Light work indeed,"

Le Loup et le Chien

Un loup n'avait que les os et la peau,
Tant les chiens faisaient bonne garde.

Ce loup rencontre un dogue aussi puissant que beau,
Gras, poli, qui s'était fourvoyé par mégarde.

L'attaquer, le mettre en quartiers,
Sire loup l'eût fait volontiers;

Mais il fallait livrer bataille,
Et le mâtin était de taille
A se défendre hardiment.

Le loup donc, l'aborde humblement,
Entre en propos, et lui fait compliment
Sur son embonpoint, qu'il admire.
«Il ne tiendra qu'à vous, beau sire,
D'être aussi gras que moi, lui répartit le chien.
Quittez les bois, vous ferez bien:
Vos pareils y sont misérables,
Cancres, hères, et pauvres diables,
Dont la condition est de mourir de faim.
Car quoi? rien d'assuré; point de franche lippée;
Tout à la pointe de l'épée.
Suivez moi, vous aurez un bien meilleur destin.»

Le loup reprit: «Que me faudra-t-il faire?

—Presque rien, dit le chien: donner la chasse aux gens

Replies the dog; "you only need
To bark a little now and then,
To chase off duns and beggar men,
To fawn on friends that come or go forth,
Your master please, and so forth;
For which you have to eat
All sorts of well-cook'd meat—
Cold pullets, pigeons, savoury messes—
Besides unnumber'd fond caresses."

The wolf, by force of appetite,
Accepts the terms outright,
Tears glistening in his eyes.
But faring on, he spies
A gall'd spot on the mastiff's neck.
"What's that?" he cries. "O, nothing but a speck."
"A speck?" "Ay, ay; 'tis not enough to pain me;
Perhaps the collar's mark by which they chain me."

"Chain! chain you! What! run you not, then,
Just where you please, and when?"
"Not always, sir; but what of that?"
"Enough for me, to spoil your fat!
It ought to be a precious price
Which could to servile chains entice;
For me, I'll shun them while I've wit."
So ran Sir Wolf, and runneth yet.

Portant bâtons et mendiants;
Flatter ceux du logis, à son maître complaire:

Moyennant quoi votre salaire
Sera force reliefs de toutes les façons:
Os de poulets, os de pigeons,
Sans parler de mainte caresse.»

Le loup déjà se forge une félicité

Qui le fait pleurer de tendresse
Chemin faisant, il vit le cou du chien pelé.

«Qu'est-ce là? lui dit-il.—Rien.—Quoi? rien?—Peu de chose.
—Mais encor?—Le collier dont je suis attaché
De ce que vous voyez est peut-être la cause.

—Attaché? dit le loup: vous ne courez donc pas
Où vous voulez?—Pas toujours; mais qu'importe?

—Il importe si bien, que de tous vos repas
Je ne veux en aucune sorte,

Et ne voudrais pas même à ce prix un trésor.»
Cela dit, maître loup s'enfuit, et court encor.

The Heifer, the Goat, and the Sheep, in Company with the Lion

The heifer, the goat, and their sister the sheep,
Compacted their earnings in common to keep,
'Tis said, in time past, with a lion, who sway'd
Full lordship o'er neighbours, of whatever grade.

The goat, as it happen'd, a stag having snared,
Sent off to the rest, that the beast might be shared.
All gather'd; the lion first counts on his claws,
And says, "We'll proceed to divide with our paws
The stag into pieces, as fix'd by our laws."
This done, he announces part first as his own;
"'Tis mine," he says, "truly, as lion alone."

To such a decision there's nought to be said,
As he who has made it is doubtless the head.
"Well, also, the second to me should belong;
'Tis mine, be it known, by the right of the strong.
Again, as the bravest, the third must be mine.
To touch but the fourth whoso maketh a sign,
I'll choke him to death
In the space of a breath!"

La Génisse, la Chèvre et la Brebis en société avec le Lion

La génisse, la chèvre et leur sœur la brebis,

Avec un fier lion, seigneur du voisinage,
Firent société, dit-on, au temps jadis,
Et mirent en commun le gain et le dommage.
Dans les lacs de la chèvre un cerf se trouva pris.
Vers ses associés aussitôt elle envoie.
Eux venus, le lion par ses ongles compta,
Et dit: «Nous sommes quatre à partager la proie».
Puis, en autant de parts le cerf il dépeça;
Prit pour lui la première en qualité de sire:
«Elle doit être à moi, dit-il, et la raison,
C'est que je m'appelle lion:
A cela l'on n'a rien à dire.

La seconde, par droit, me doit échoir encor:
Ce droit, vous le savez, c'est le droit du plus fort.
Comme le plus vaillant, je prétends la troisième.
Si quelqu'une de vous touche à la quatrième,
Je l'étranglerai tout d'abord.»

The Wallet

From heaven, one day, did Jupiter proclaim,
"Let all that live before my throne appear,
And there if any one hath aught to blame,
In matter, form, or texture of his frame,
He may bring forth his grievance without fear.
Redress shall instantly be given to each.
Come, monkey, now, first let us have your speech.
You see these quadrupeds, your brothers;
Comparing, then, yourself with others,
Are you well satisfied?" "And wherefore not?"
Says Jock. "Haven't I four trotters with the rest?
Is not my visage comely as the best?
But this my brother Bruin, is a blot
On thy creation fair;
And sooner than be painted I'd be shot,
Were I, great sire, a bear."
The bear approaching, doth he make complaint?
Not he;—himself he lauds without restraint.
The elephant he needs must criticize;
To crop his ears and stretch his tail were wise;
A creature he of huge, misshapen size.
The elephant, though famed as beast judicious,
While on his own account he had no wishes,
Pronounced dame whale too big to suit his taste;
Of flesh and fat she was a perfect waste.
The little ant, again, pronounced the gnat too wee;
To such a speck, a vast colossus she.
Each censured by the rest, himself content,
Back to their homes all living things were sent.
Such folly liveth yet with human fools.

La Besace

Jupiter dit un jour: «Que tout ce qui respire
S'en vienne comparaître aux pieds de ma grandeur:
Si dans son composé quelqu'un trouve à redire,

Il peut le déclarer sans peur;
Je mettrai remède à la chose.
Venez, singe; parlez le premier, et pour cause.
Voyez ces animaux, faites comparaison
De leurs beautés avec les vôtres.
Êtes-vous satisfait?—Moi? dit-il; pourquoi non?
N'ai-je pas quatre pieds aussi bien que les autres?
Mon portrait jusqu'ici ne m'a rien reproché;
Mais pour mon frère l'ours, on ne l'a qu'ébauché:

Jamais, s'il me veut croire, il ne se fera peindre.»

L'ours venant là-dessus, on crut qu'il s'allait plaindre.
Tant s'en faut: de sa forme il se loua très fort;
Glosa sur l'éléphant, dit qu'on pourrait encor
Ajouter à sa queue, ôter à ses oreilles;
Que c'était une masse informe et sans beauté.
L'éléphant étant écouté,
Tout sage qu'il était, dit des choses pareilles:
Il jugea qu'à son appétit
Dame baleine était trop grosse.
Dame fourmi trouva le ciron trop petit,
Se croyant, pour elle, un colosse.
Jupin les renvoya s'étant censurés tous,
Du reste contents d'eux.
Mais parmi les plus fous
Notre espèce excella; car tout ce que nous sommes,

For others lynxes, for ourselves but moles.
Great blemishes in other men we spy,
Which in ourselves we pass most kindly by.
As in this world we're but way-farers,
Kind Heaven has made us wallet-bearers.

The pouch behind our own defects must store,
The faults of others lodge in that before.

Lynx envers nos pareils, et taupes envers nous,
Nous nous pardonnons tout, et rien aux autres hommes:
On se voit d'un autre œil qu'on ne voit son prochain.
Le fabricateur souverain
Nous créa besaciers tous de même manière,
Tant ceux du temps passé que du temps d'aujourd'hui:
Il fit pour nos défauts la poche de derrière,
Et celle de devant pour les défauts d'autrui.

The Swallow and the Little Birds

By voyages in air,
With constant thought and care,
Much knowledge had a swallow gain'd,
Which she for public use retain'd,
The slightest storms she well foreknew,
And told the sailors ere they blew.

A farmer sowing hemp, once having found,
She gather'd all the little birds around,
And said, "My friends, the freedom let me take
To prophesy a little, for your sake,
Against this dangerous seed.
Though such a bird as I
Knows how to hide or fly,
You birds a caution need.
See you that waving hand?
It scatters on the land
What well may cause alarm.
'Twill grow to nets and snares,
To catch you unawares,
And work you fatal harm!
Great multitudes I fear,
Of you, my birdies dear,
That falling seed, so little,
Will bring to cage or kettle!
But though so perilous the plot,
You now may easily defeat it:
All lighting on the seeded spot,
Just scratch up every seed and eat it."
The little birds took little heed,
So fed were they with other seed.

L'HIRONDELLE ET LES PETITS OISEAUX

Une hirondelle en ses voyages

Avait beaucoup appris. Quiconque a beaucoup vu
Peut avoir beaucoup retenu.
Celle-ci prévoyait jusqu'aux moindres orages,
Et devant qu'ils ne fussent éclos,
Les annonçait aux matelots.
Il arriva qu'au temps que le chanvre se sème,
Elle vit un manant en couvrir maints sillons.
«Ceci ne me plaît pas, dit-elle aux oisillons:
Je vous plains, car pour moi, dans ce péril extrême,

Je saurai m'éloigner, ou vivre en quelque coin.

Voyez-vous cette main qui, par les airs chemine?
Un jour viendra, qui n'est pas loin,
Que ce qu'elle répand sera votre ruine.
De là naîtront engins à vous envelopper,
Et lacets pour vous attraper,
Enfin, mainte et mainte machine
Qui causera dans la saison
Votre mort ou votre prison:

Gare la cage ou le chaudron!

C'est pourquoi, leur dit l'hirondelle,
Mangez ce grain et croyez-moi.»
Les oiseaux se moquèrent d'elle:
Ils trouvaient aux champs trop de quoi.

Anon the field was seen
Bedeck'd in tender green.
The swallow's warning voice was heard again:
"My friends, the product of that deadly grain,
Seize now, and pull it root by root,
Or surely you'll repent its fruit."
"False, babbling prophetess," says one,
"You'd set us at some pretty fun!
To pull this field a thousand birds are needed,
While thousands more with hemp are seeded."
The crop now quite mature,
The swallow adds, "Thus far I've fail'd of cure;
I've prophesied in vain
Against this fatal grain:
It's grown. And now, my bonny birds,
Though you have disbelieved my words
Thus far, take heed at last,—
When you shall see the seed-time past,

And men, no crops to labour for,
On birds shall wage their cruel war,
With deadly net and noose;
Of flying then beware,
Unless you take the air,
Like woodcock, crane, or goose.

But stop; you're not in plight
For such adventurous flight,
O'er desert waves and sands,
In search of other lands.
Hence, then, to save your precious souls,
Remaineth but to say,
'Twill be the safest way,
To chuck yourselves in holes."
Before she had thus far gone,

Quand la chènevière fut verte,

L'hirondelle leur dit: «Arrachez brin à brin
Ce qu'a produit ce mauvais grain,
Ou soyez sûrs de votre perte.

—Prophète de malheur, babillarde, dit-on,
Le bel emploi que tu nous donnes!
Il nous faudrait mille personnes
Pour éplucher tout ce canton.»
La chanvre étant tout à fait crue,
L'hirondelle ajouta: «Ceci ne va pas bien;

Mauvaise graine est tôt venue.

Mais puisque jusqu'ici l'on ne m'a crue en rien,

Dès que vous verrez que la terre
Sera couverte, et qu'à leurs blés
Les gens n'étant plus occupés
Feront aux oisillons la guerre;
Quand reglingettes et réseaux
Attraperont petits oiseaux,
Ne volez plus de place en place,
Demeurez au logis ou changez de climat:
Imitez le canard, la grue ou la bécasse.
Mais vous n'êtes pas en état

De passer, comme nous, les déserts et les ondes,
Ni d'aller chercher d'autres mondes;
C'est pourquoi vous n'avez qu'un parti qui soit sûr,

C'est de vous enfermer aux trous de quelque mur.»

The birdlings, tired of hearing,
And laughing more than fearing,
Set up a greater jargon
Than did, before the Trojan slaughter,
The Trojans round old Priam's daughter.
And many a bird, in prison grate,
Lamented soon a Trojan fate.

'Tis thus we heed no instincts but our own;
Believe no evil till the evil's done.

Les oisillons, las de l'entendre,
Se mirent à jaser aussi confusément

Que faisaient les Troyens quand la pauvre Cassandre
Ouvrait la bouche seulement.
Il en prit aux uns comme aux autres:
Maint oisillon se vit esclave retenu.

Nous n'écoutons d'instincts que ceux qui sont les nôtres
Et ne croyons le mal que quand il est venu.

The City Rat and the Country Rat

A city rat, one night,
Did, with a civil stoop,
A country rat invite
To end a turtle soup.

Upon a Turkey carpet
They found the table spread,
And sure I need not harp it
How well the fellows fed.

The entertainment was
A truly noble one;
But some unlucky cause
Disturb'd it when begun.

It was a slight rat-tat,
That put their joys to rout;
Out ran the city rat;
His guest, too, scamper'd out.

Our rats but fairly quit,
The fearful knocking ceased.
"Return we," cried the cit,
"To finish there our feast."

"No," said the rustic rat;
"To-morrow dine with me.
I'm not offended at
Your feast so grand and free,—

"For I've no fare resembling;
But then I eat at leisure,

Le Rat de ville et le Rat des champs

Autrefois le rat des villes
Invita le rat des champs
D'une façon fort civile,
A des reliefs d'ortolans

Sur un tapis de Turquie
Le couvert se trouva mis.
Je laisse à penser la vie
Que firent ces deux amis.

Le régal fut fort honnête:
Rien ne manquait au festin;
Mais quelqu'un troubla la fête
Pendant qu'ils étaient en train.

A la porte de la salle
Ils entendirent du bruit:
Le rat de ville détale,
Son camarade le suit.

Le bruit cesse, on se retire:
Rats en campagne aussitôt;
Et le citadin de dire:
«Achevons tout notre rôt.

—C'est assez, dit le rustique;
Demain vous viendrez chez moi.
Ce n'est pas que je me pique
De tous vos festins de roi;

Mais rien ne vient m'interrompre:
Je mange tout à loisir.

And would not swap, for pleasure
So mix'd with fear and trembling."

Adieu donc. Fi du plaisir
Que la crainte peut corrompre!»

The Wolf and the Lamb

That innocence is not a shield,
A story teaches, not the longest.
The strongest reasons always yield
To reasons of the strongest.

A lamb her thirst was slaking,
Once, at a mountain rill.
A hungry wolf was taking
His hunt for sheep to kill,
When, spying on the streamlet's brink
This sheep of tender age,
He howl'd in tones of rage,
"How dare you roil my drink?
Your impudence I shall chastise!"

"Let not your majesty," the lamb replies,
"Decide in haste or passion!
For sure 'tis difficult to think
In what respect or fashion
My drinking here could roil your drink,
Since on the stream your majesty now faces
I'm lower down, full twenty paces."

"You roil it," said the wolf; "and, more, I know
You cursed and slander'd me a year ago."
"O no! how could I such a thing have done!
A lamb that has not seen a year,
A suckling of its mother dear?"
"Your brother then." "But brother I have none."
"Well, well, what's all the same,
'Twas some one of your name.

Le loup et l'agneau

La raison du plus fort est toujours la meilleure:
Nous l'allons montrer tout à l'heure.

Un Agneau se désaltérait
Dans le courant d'une onde pure.
Un loup survient à jeun, qui cherchait aventure,
Et que la faim en ces lieux attirait.

«Qui te rend si hardi de troubler mon breuvage?
Dit cet animal plein de rage:
Tu seras châtié de ta témérité.
—Sire, répond l'agneau, que Votre Majesté
Ne se mette pas en colère;
Mais plutôt qu'elle considère
Que je me vas désaltérant
Dans le courant,
Plus de vingt pas au-dessous d'Elle;
Et que par conséquent, en aucune façon
Je ne puis troubler sa boisson.
—Tu la troubles, reprit cette bête cruelle;
Et je sais que de moi tu médis l'an passé.
—Comment l'aurais-je fait si je n'étais pas né?
Reprit l'agneau; je tette encor ma mère

—Si ce n'est toi, c'est donc ton frère.
—Je n'en ai point.—C'est donc l'un des tiens;
Car vous ne m'épargnez guère,

Sheep, men, and dogs of every nation,
Are wont to stab my reputation,
As I have truly heard."
Without another word,
He made his vengeance good—
Bore off the lambkin to the wood,
And there, without a jury,
Judged, slew, and ate her in his fury.

Vous, vos bergers et vos chiens.
On me l'a dit: il faut que je me venge.»

Là-dessus, au fond des forêts

Le loup l'emporte et puis le mange,
Sans autre forme de procès.

The Dragon with Many Heads, and the Dragon with Many Tails

An envoy of the Porte Sublime,
As history says, once on a time,
Before th' imperial German court
Did rather boastfully report,
The troops commanded by his master's firman,
As being a stronger army than the German:
To which replied a Dutch attendant,
"Our prince has more than one dependant
Who keeps an army at his own expense."

The Turk, a man of sense,
Rejoin'd, "I am aware
What power your emperor's servants share.
It brings to mind a tale both strange and true,
A thing which once, myself, I chanced to view.
I saw come darting through a hedge,
Which fortified a rocky ledge,
A hydra's hundred heads; and in a trice
My blood was turning into ice.
But less the harm than terror,—
The body came no nearer;
Nor could, unless it had been sunder'd,
To parts at least a hundred.
While musing deeply on this sight,
Another dragon came to light,
Whose single head avails
To lead a hundred tails:
And, seized with juster fright,
I saw him pass the hedge,—
Head, body, tails,—a wedge
Of living and resistless powers.—
The other was your emperor's force; this ours."

Le dragon à plusieurs têtes et le dragon à plusieurs queues

Un envoyé du Grand Seigneur
Préférait, dit l'histoire, un jour chez l'empereur

Les forces de son maître à celles de l'Empire.

Un allemand se mit à dire:
«Notre prince a des dépendants
Qui, de leur chef, sont si puissants
Que chacun d'eux pourrait soudoyer une armée.»
Le chiaoux, homme de sens,
Lui dit: «Je sais par renommée
Ce que chaque Électeur peut de monde fournir;
Et cela me fait souvenir
D'une aventure étrange, et qui pourtant est vraie.
J'étais en un lieu sûr, lorsque je vis passer

Les cent têtes d'une hydre au travers d'une haie.
Mon sang commence à se glacer;
Et je crois qu'à moins on s'effraie.
Je n'en eus toutefois que la peur sans le mal:
Jamais le corps de l'animal
Ne put venir vers moi, ni trouver d'ouverture.
Je rêvais à cette aventure,
Quand un autre dragon, qui n'avait qu'un seul chef
Et bien plus qu'une queue, à passer se présente.
Me voilà saisi derechef
D'étonnement et d'épouvante.
Ce chef passe, et le corps, et chaque queue aussi:
Rien ne les empêcha; l'un fit chemin à l'autre.
Je soutiens qu'il en est ainsi
De votre empereur et du nôtre.»

The Thieves and the Ass

Two thieves, pursuing their profession,
Had of a donkey got possession,
Whereon a strife arose,
Which went from words to blows.
The question was, to sell, or not to sell;
But while our sturdy champions fought it well,

Another thief, who chanced to pass,
With ready wit rode off the ass.

This ass is, by interpretation,
Some province poor, or prostrate nation.
The thieves are princes this and that,
On spoils and plunder prone to fat,—
As those of Austria, Turkey, Hungary.
(Instead of two, I've quoted three—
Enough of such commodity.)
These powers engaged in war all,
Some fourth thief stops the quarrel,
According all to one key,
By riding off the donkey.

Les voleurs et l'âne

Pour un âne enlevé deux voleurs se battaient:

L'un voulait le garder, l'autre le voulait vendre.
Tandis que coups de poing trottaient,
Et que nos champions songeaient à se défendre,
Arrive un troisième larron
Qui saisit maître Aliboron.

L'âne, c'est quelquefois une pauvre province:

Les voleurs sont tel ou tel prince,

Comme le Transylvain, le Turc et le Hongrois.
Au lieu de deux, j'en ai rencontré trois:
Il est assez de cette marchandise.
De nul d'eux n'est souvent la province conquise:
Un quart voleur survient, qui les accorde net
En se saisissant du baudet.

Simonides Preserved by the Gods

Three sorts there are, as Malherbe says,
Which one can never overpraise—
The gods, the ladies, and the king;
And I, for one, endorse the thing.

The heart, praise tickles and entices;
Of fair one's smile, it oft the price is.
See how the gods sometimes repay it.
Simonides—the ancients say it—
Once undertook, in poem lyric,
To write a wrestler's panegyric;
Which, ere he had proceeded far in,
He found his subject somewhat barren.
No ancestors of great renown;
His sire of some unnoted town;
Himself as little known to fame,
The wrestler's praise was rather tame.
The poet, having made the most of
Whate'er his hero had to boast of,
Digress'd, by choice that was not all luck's,
To Castor and his brother Pollux;
Whose bright career was subject ample,
For wrestlers, sure, a good example.
Our poet fatten'd on their story,
Gave every fight its place and glory,
Till of his panegyric words
These deities had got two-thirds.

All done, the poet's fee
A talent was to be.
But when he comes his bill to settle,

Simonide préservé par les Dieux

On ne peut trop louer trois sortes de personnes:

Les dieux, sa maîtresse et son roi.
Malherbe le disait, j'y souscris, quant à moi:
Ce sont maximes toujours bonnes.
La louange chatouille et gagne les esprits.

Voyons comme les dieux l'ont quelquefois payée.
Simonide avait entrepris

L'éloge d'un athlète; et la chose essayée,

Il trouva son sujet plein de récits tout nus.
Les parents de l'athlète étaient gens inconnus;
Son père, un bon bourgeois; lui, sans autre mérite;
Matière infertile et petite.

Le poète d'abord, parla de son héros.
Après en avoir dit ce qu'il en pouvait dire,
Il se jette à côté, se met sur le propos
De Castor et Pollux; ne manque pas d'écrire
Que leur exemple était aux lutteurs glorieux;

Élève leurs combats, spécifiant les lieux
Où ces frères s'étaient signalés davantage;
Enfin l'éloge de ces dieux
Faisait les deux tiers de l'ouvrage.
L'athlète avait promis d'en payer un talent;

Mais quand il le vit, le galand

The wrestler, with a spice of mettle,
Pays down a third, and tells the poet,
"The balance they may pay who owe it.
The gods than I are rather debtors
To such a pious man of letters.
But still I shall be greatly pleased
To have your presence at my feast,
Among a knot of guests select,
My kin, and friends I most respect."
More fond of character than coffer,
Simonides accepts the offer.

While at the feast the party sit,
And wine provokes the flow of wit,
It is announced that at the gate
Two men, in haste that cannot wait,
Would see the bard. He leaves the table,
No loss at all to its noisy gabble.
The men were Leda's twins, who knew
What to a poet's praise was due,
And, thanking, paid him by foretelling
The downfall of the wrestler's dwelling.

From which ill-fated pile, indeed,
No sooner was the poet freed,
Than, props and pillars failing,
Which held aloft the ceiling
So splendid o'er them,
It downward loudly crash'd,
The plates and flagons dash'd,
And men who bore them;
And, what was worse,
Full vengeance for the man of verse,
A timber broke the wrestler's thighs,
And wounded many otherwise.

N'en donna que le tiers; et dit fort franchement

Que Castor et Pollux acquittassent le reste.
«Faites vous contenter par ce couple céleste.

Je veux vous traiter cependant:
Venez souper chez moi; nous ferons bonne vie:
Les conviés sont gens choisis,
Mes parents, mes meilleurs amis,
Soyez donc de la compagnie.»
Simonide promit. Peut-être qu'il eut peur
De perdre, outre son dû, le gré de sa louange.
Il vient: l'on festine, l'on mange.
Chacun étant en belle humeur,
Un domestique accourt, l'avertit qu'à la porte
Deux hommes demandaient à le voir promptement.
Il sort de table; et la cohorte
N'en perd pas un seul coup de dent.
Ces deux hommes étaient les gémeaux de l'éloge.

Tous deux lui rendent grâce, et, pour prix de ses vers,
Ils l'avertissent qu'il déloge,
Et que cette maison va tomber à l'envers.
La prédiction en fut vraie.

Un pilier manque; et le plafond
Ne trouvant plus rien qui l'étaie,

Tombe sur le festin, brise plats et flacons,

N'en fait pas moins aux échansons.
Ce ne fut pas le pis, car pour rendre complète
La vengeance due au poète,
Une poutre cassa les jambes à l'athlète,
Et renvoya les convies
Pour la plupart estropiés.

The gossip Fame, of course, took care
Abroad to publish this affair.
"A miracle!" the public cried, delighted.
No more could god-beloved bard be slighted.
His verse now brought him more than double,
With neither duns, nor care, nor trouble.
Whoe'er laid claim to noble birth
Must buy his ancestors a slice,
Resolved no nobleman on earth
Should overgo him in the price.
From which these serious lessons flow:—
Fail not your praises to bestow
On gods and godlike men. Again,
To sell the product of her pain
Is not degrading to the Muse.
Indeed, her art they do abuse,
Who think her wares to use,
And yet a liberal pay refuse.
Whate'er the great confer upon her,
They're honour'd by it while they honour.
Of old, Olympus and Parnassus
In friendship heaved their sky-crown'd masses.

La renommée eut soin de publier l'affaire:

Chacun cria miracle.

On doubla le salaire
Que méritaient les vers d'un homme aimé des dieux.
Il n'était fils de bonne mère
Qui, les payant à qui mieux mieux,
Pour ses ancêtres n'en fit faire.

Je reviens à mon texte, et dis premièrement
Qu'on ne saurait manquer de louer largement
Les dieux et leurs pareils, de plus que Melpomène
Souvent, sans déroger, trafique de sa peine;

Enfin, qu'on doit tenir notre art en quelque prix.

Les grands se font honneur dès lors qu'ils nous font grâce:

Jadis l'Olympe et le Parnasse
Étaient frères et bons amis.

Death and the Unfortunate

A poor unfortunate, from day to day,
Call'd Death to take him from this world away.
"O Death" he said, "to me how fair thy form!
Come quick, and end for me life's cruel storm."
Death heard, and with a ghastly grin,
Knock'd at his door, and enter'd in
"Take out this object from my sight!"
The poor man loudly cried.
"Its dreadful looks I can't abide;
O stay him, stay him, let him come no nigher;
O Death! O Death! I pray thee to retire!"

A gentleman of note
In Rome, Maecenas, somewhere wrote:—
"Make me the poorest wretch that begs,
Sore, hungry, crippled, clothed in rags,
In hopeless impotence of arms and legs;
Provided, after all, you give
The one sweet liberty to live:
I'll ask of Death no greater favour
Than just to stay away for ever."

La mort et le malheureux

Un malheureux appelait tous les jours
La mort à son secours
«O Mort, lui disait-il, que tu me sembles belle!
Viens vite, viens finir ma fortune cruelle!»
La mort crut, en venant, l'obliger en effet.
Elle frappe à sa porte, elle entre, elle se montre.
«Que vois-je? cria-t-il: ôtez-moi cet objet;

Qu'il est hideux! que sa rencontre
Me cause d'horreur et d'effroi
N'approche pas, ô Mort! ô Mort, retire-toi!»

Mécénas fut un galant homme;
Il a dit quelque part: «Qu'on me rende impotent.

Cul-de-jatte, goutteux, manchot, pourvu qu'en somme

Je vive, c'est assez, je suis plus que content.»

Ne viens jamais, ô Mort; on t'en dit tout autant.

Death and the Woodman

A poor wood-chopper, with his fagot load,
Whom weight of years, as well as load, oppress'd,
Sore groaning in his smoky hut to rest,
Trudged wearily along his homeward road.
At last his wood upon the ground he throws,
And sits him down to think o'er all his woes.
To joy a stranger, since his hapless birth,
What poorer wretch upon this rolling earth?
No bread sometimes, and ne'er a moment's rest;
Wife, children, soldiers, landlords, public tax,

All wait the swinging of his old, worn axe,
And paint the veriest picture of a man unblest.
On Death he calls. Forthwith that monarch grim
Appears, and asks what he should do for him.
"Not much, indeed; a little help I lack—
To put these fagots on my back."

Death ready stands all ills to cure;
But let us not his cure invite.
Than die, 'tis better to endure,—
Is both a manly maxim and a right.

LA MORT ET LE BÛCHERON

Un pauvre bûcheron, tout couvert de ramée,
Sous le faix du fagot aussi bien que des ans
Gémissant et courbé, marchait à pas pesants,
Et tâchait de gagner sa chaumine enfumée.
Enfin, n'en pouvant plus d'effort et de douleur,
Il met bas son fagot, il songe à son malheur.
Quel plaisir a-t-il eu depuis qu'il est au monde?
En est-il un plus pauvre en la machine ronde?
Point de pain quelquefois et jamais de repos.
Sa femme, ses enfants, les soldats, les impôts,
Le créancier et la corvée

Lui font d'un malheureux la peinture achevée.
Il appelle la Mort. Elle vient sans tarder,
Lui demande ce qu'il faut faire.
«C'est, dit-il, afin de m'aider
A recharger ce bois, tu ne tarderas guère.»

Le trépas vient tout guérir;
Mais ne bougeons d'où nous sommes:
Plutôt souffrir que mourir,
C'est la devise des hommes.

The Man Between Two Ages, and his Two Mistresses

A man of middle age, whose hair
Was bordering on the grey,
Began to turn his thoughts and care
The matrimonial way.
By virtue of his ready,
A store of choices had he
Of ladies bent to suit his taste;
On which account he made no haste.
To court well was no trifling art.
Two widows chiefly gain'd his heart;
The one yet green, the other more mature,
Who found for nature's wane in art a cure.

These dames, amidst their joking and caressing
The man they long'd to wed,
Would sometimes set themselves to dressing
His party-colour'd head.
Each aiming to assimilate
Her lover to her own estate,
The older piecemeal stole
The black hair from his poll,

While eke, with fingers light,
The young one stole the white.
Between them both, as if by scald,
His head was changed from grey to bald.
"For these," he said, "your gentle pranks,
I owe you, ladies, many thanks.
By being thus well shaved,
I less have lost than saved.
Of Hymen, yet, no news at hand,

L'HOMME ENTRE DEUX ÂGES ET SES DEUX MAÎTRESSES

Un homme de moyen âge,
Et tirant sur le grison
Jugea qu'il était saison
De songer au mariage.
Il avait du comptant,
Et partant
De quoi choisir; toutes voulaient lui plaire:
En quoi notre amoureux ne se pressait pas tant;
Bien adresser n'est pas petite affaire.
Deux veuves sur son cœur eurent le plus de part:
L'une encor verte, et l'autre un peu bien mûre,
Mais qui réparait par son art
Ce qu'avait détruit la nature.
Ces deux veuves, en badinant,
En riant, en lui faisant fête,
L'allaient quelquefois testonnant,
C'est à dire ajustant sa tête.

La vieille, à tous moments, de sa part emportait
Un peu du poil noir qui restait
Afin que son amant en fût plus à sa guise.
La jeune saccageait les poils blancs à son tour.

Toutes deux firent tant, que notre tête grise
Demeura sans cheveux, et se douta du tour.
«Je vous rends, leur dit-il, mille grâces, les belles,

Qui m'avez si bien tondu:
J'ai plus gagné que perdu;
Car d'hymen point de nouvelles.

I do assure ye.
By what I've lost, I understand
It is in your way,
Not mine, that I must pass on.
Thanks, ladies, for the lesson."

Celle que je prendrais voudrait qu'à sa façon
Je vécusse, et non à la mienne.
Il n'est tête chauve qui tienne.
Je vous suis obligé, belles, de la leçon.»

The Fox and the Stork

Old Mister Fox was at expense, one day,
To dine old Mistress Stork.
The fare was light, was nothing, sooth to say,
Requiring knife and fork.
That sly old gentleman, the dinner-giver,
Was, you must understand, a frugal liver.
This once, at least, the total matter
Was thinnish soup served on a platter,
For madam's slender beak a fruitless puzzle,
Till all had pass'd the fox's lapping muzzle.
But, little relishing his laughter,
Old gossip Stork, some few days after,
Return'd his Foxship's invitation.
Without a moment's hesitation,
He said he'd go, for he must own he
Ne'er stood with friends for ceremony.
And so, precisely at the hour,
He hied him to the lady's bower;
Where, praising her politeness,

He finds her dinner right nice.
Its punctuality and plenty,
Its viands, cut in mouthfuls dainty,
Its fragrant smell, were powerful to excite,
Had there been need, his foxish appetite.

But now the dame, to torture him,
Such wit was in her,
Served up her dinner
In vases made so tall and slim,

Le Renard et la Cigogne

Compère le renard se mit un jour en frais,
Et retint à dîner commère la cigogne.
Le régal fut petit et sans beaucoup d'apprêts:

Le galand, pour toute besogne,
Avait un brouet clair: il vivait chichement.

Ce brouet fut par lui servi sur une assiette:
La cigogne au long bec n'en put attraper miette,
Et le drôle eut lapé le tout en un moment.

Pour se venger de cette tromperie,
A quelque temps de là, la cigogne le prie.

«Volontiers, lui dit-il, car avec mes amis,
Je ne fais point cérémonie.»
A l'heure dite, il courut au logis

De la cigogne son hôtesse;
Loua très fort sa politesse;
Trouva le dîner cuit à point:

Bon appétit surtout, renards n'en manquent point.
Il se réjouissait à l'odeur de la viande
Mise en menus morceaux, et qu'il croyait friande.
On servit, pour l'embarrasser,

En un vase à long col et d'étroite embouchure.

They let their owner's beak pass in and out,
But not, by any means, the fox's snout!
All arts without avail,
With drooping head and tail,
As ought a fox a fowl had cheated,
The hungry guest at last retreated.

Ye knaves, for you is this recital,
You'll often meet Dame Stork's requital.

Le bec de la cigogne y pouvait bien passer;
Mais le museau du sire était d'autre mesure.
Il lui fallut à jeun retourner au logis,
Honteux comme un renard qu'une poule aurait pris,
Serrant la queue, et portant bas l'oreille.

Trompeurs, c'est pour vous que j'écris:
Attendez-vous à la pareille.

The Boy and the Schoolmaster

Wise counsel is not always wise,
As this my tale exemplifies.

A boy, that frolick'd on the banks of Seine,
Fell in, and would have found a watery grave,
Had not that hand that planteth ne'er in vain
A willow planted there, his life to save.
While hanging by its branches as he might,
A certain sage preceptor came in sight;
To whom the urchin cried, "Save, or I'm drown'd!"
The master, turning gravely at the sound,
Thought proper for a while to stand aloof,
And give the boy some seasonable reproof.
"You little wretch! this comes of foolish playing,
Commands and precepts disobeying.
A naughty rogue, no doubt, you are,
Who thus requite your parents' care.
Alas! their lot I pity much,
Whom fate condemns to watch o'er such."
This having coolly said, and more,
He pull'd the drowning lad ashore.

This story hits more marks than you suppose.
All critics, pedants, men of endless prose,—

Three sorts, so richly bless'd with progeny,
The house is bless'd that doth not lodge any,—
May in it see themselves from head to toes.
No matter what the task,
Their precious tongues must teach;
Their help in need you ask,
You first must hear them preach.

L'ENFANT ET LE MAÎTRE D'ÉCOLE

Dans ce récit je prétends faire voir
D'un certain sot la remontrance vaine.

Un jeune enfant dans l'eau se laissa choir
En badinant sur les bords de la Seine.
Le ciel permit qu'un saule se trouva,
Dont le branchage, après Dieu, le sauva.
S'étant pris, dis-je, aux branches de ce saule,
Par cet endroit passe un maître d'école;
L'enfant lui crie: «Au secours, je péris.»
Le magister, se tournant à ses cris,

D'un ton fort grave à contretemps s'avise
De le tancer: «Ah! le petit babouin!
Voyez, dit-il, où l'a mis sa sottise!
Et puis, prenez de tels fripons le soin.
Que les parents sont malheureux qu'il faille
Toujours veiller à semblable canaille!
Qu'ils ont de maux! et que je plains leur sort.»
Ayant tout dit, il mit l'enfant à bord.

Je blâme ici plus de gens qu'on ne pense.
Tout babillard, tout censeur, tout pédant
Se peut connaître au discours que j'avance.
Chacun des trois fait un peuple fort grand:
Le créateur en a béni l'engeance.
En toute affaire ils ne font que songer
Aux moyens d'exercer leur langue.

Eh! mon ami, tire-moi du danger,
Tu feras après ta harangue.

The Cock and the Pearl

A cock scratch'd up, one day,
A pearl of purest ray,
Which to a jeweller he bore.
"I think it fine," he said,
"But yet a crumb of bread
To me were worth a great deal more."

So did a dunce inherit
A manuscript of merit,
Which to a publisher he bore.
"'Tis good," said he, "I'm told,
Yet any coin of gold
To me were worth a great deal more."

Le coq et la perle

Un jour un coq détourna
Une perle qu'il donna
Au beau premier lapidaire.
«Je la crois fine, dit-il;
Mais le moindre grain de mil
Serait bien mieux mon affaire.»

Un ignorant hérita
D'un manuscrit qu'il porta
Chez son voisin le libraire.
«Je crois, dit-il qu'il est bon;
Mais le moindre ducaton
Serait bien mieux mon affaire.»

The Hornets and the Bees

"The artist by his work is known."—

A piece of honey-comb, one day,
Discover'd as a waif and stray,
The hornets treated as their own.
Their title did the bees dispute,
And brought before a wasp the suit.
The judge was puzzled to decide,
For nothing could be testified
Save that around this honey-comb
There had been seen, as if at home,
Some longish, brownish, buzzing creatures,
Much like the bees in wings and features.
But what of that? for marks the same,
The hornets, too, could truly claim.
Between assertion, and denial,
The wasp, in doubt, proclaim'd new trial;
And, hearing what an ant-hill swore,

Could see no clearer than before.
"What use, I pray, of this expense?"
At last exclaim'd a bee of sense.
"We've labour'd months in this affair,
And now are only where we were.
Meanwhile the honey runs to waste:
'Tis time the judge should show some haste.

The parties, sure, have had sufficient bleeding,
Without more fuss of scrawls and pleading.
Let's set ourselves at work, these drones and we,
And then all eyes the truth may plainly see,

LES FRELONS ET LES MOUCHES À MIEL

A l'œuvre on connaît l'artisan.

Quelques rayons de miel sans maître se trouvèrent:

Des frelons les réclamèrent;
Des abeilles s'opposant,
Devant certaine guêpe on traduisit la cause.
Il était malaisé de décider la chose:

Les témoins déposaient qu'autour de ces rayons

Des animaux ailés, bourdonnant, un peu longs,
De couleur fort tannée, et tels que les abeilles,
Avaient longtemps paru. Mais quoi! dans les frelons
Ces enseignes étaient pareilles.

La guêpe, ne sachant que dire à ces raisons,
Fit enquête nouvelle, et pour plus de lumière,
Entendit une fourmilière.
Le point n'en put être éclairci.
«De grâce, à quoi bon tout ceci?
Dit une abeille fort prudente.
Depuis tantôt six mois que la cause est pendante,
Nous voici comme aux premiers jours.
Pendant cela le miel se gâte.
Il est temps désormais que le juge se hâte:
N'a-t-il point assez léché l'ours?
Sans tant de contredits, et d'interlocutoires,
Et de fatras et de grimoires,
Travaillons, les frelons et nous:
On verra qui sait faire, avec un suc si doux,

Whose art it is that can produce
The magic cells, the nectar juice."
The hornets, flinching on their part,
Show that the work transcends their art.
The wasp at length their title sees,
And gives the honey to the bees.
Would God that suits at laws with us
Might all be managed thus!
That we might, in the Turkish mode,
Have simple common sense for code!
They then were short and cheap affairs,
Instead of stretching on like ditches,
Ingulfing in their course all riches,—
The parties leaving for their shares,
The shells (and shells there might be moister)
From which the court has suck'd the oyster

Des cellules si bien bâties»

Le refus des frelons fit voir
Que cet art passait leur savoir;
Et la guêpe adjugea le miel à leurs parties.

Plût à Dieu qu'on réglât ainsi tous les procès:
Que des turcs en cela l'on suivît la méthode!

Le simple sens commun nous tiendrait lieu de code:
Il ne faudrait point tant de frais;
Au lieu qu'on nous mange, on nous gruge,
On nous mine par des longueurs;
On fait tant, à la fin, que l'huître est pour le juge,
Les écailles pour les plaideurs.

The Oak and the Reed

The oak one day address'd the reed:—
"To you ungenerous indeed
Has nature been, my humble friend,
With weakness aye obliged to bend.
The smallest bird that flits in air
Is quite too much for you to bear;
The slightest wind that wreathes the lake
Your ever-trembling head doth shake.

The while, my towering form
Dares with the mountain top
The solar blaze to stop,
And wrestle with the storm.
What seems to you the blast of death,
To me is but a zephyr's breath.
Beneath my branches had you grown,
That spread far round their friendly bower,
Less suffering would your life have known,
Defended from the tempest's power.
Unhappily you oftenest show
In open air your slender form,
Along the marshes wet and low,
That fringe the kingdom of the storm.
To you, declare I must,
Dame Nature seems unjust."
Then modestly replied the reed:
"Your pity, sir, is kind indeed,
But wholly needless for my sake.
The wildest wind that ever blew
Is safe to me compared with you.
I bend, indeed, but never break.

Le chêne et le roseau

Le chêne un jour dit au roseau:
«Vous avez bien sujet d'accuser la nature;

Un roitelet pour vous est un pesant fardeau;

Le moindre vent qui d'aventure
Fait rider la face de l'eau,
Vous oblige à baisser la tête.
Cependant que mon front, au Caucase pareil,

Non content d'arrêter les rayons du soleil,
Brave l'effort de la tempête.
Tout vous est aquilon, tout me semble zéphyr.

Encor si vous naissiez à l'abri du feuillage
Dont je couvre le voisinage,
Vous n'auriez pas tant à souffrir:
Je vous défendrai de l'orage;

Mais vous naissez le plus souvent
Sur les humides bords des royaumes du vent.

La nature envers vous me semble bien injuste.

—Votre compassion, lui répondit l'arbuste,
Part d'un bon naturel; mais quittez ce souci:
Les vents me sont moins qu'à vous redoutables;

Je plie, et ne romps pas. Vous avez jusqu'ici

Thus far, I own, the hurricane
Has beat your sturdy back in vain;
But wait the end." Just at the word,
The tempest's hollow voice was heard.
The North sent forth her fiercest child,
Dark, jagged, pitiless, and wild.
The oak, erect, endured the blow;
The reed bow'd gracefully and low.
But, gathering up its strength once more,
In greater fury than before,
The savage blast
O'erthrew, at last,
That proud, old, sky-encircled head,
Whose feet entwined the empire of the dead!

Contre leurs coups épouvantables
Résisté sans courber le dos;
Mais attendons la fin.» Comme il disait ces mots,
Du bout de l'horizon accourt avec furie
Le plus terrible des enfants
Que le nord eût porté jusque là dans ses flancs.
L'arbre tient bon; le roseau plie.

Le vent redouble ses efforts,
Et fait si bien qu'il déracine

Celui de qui la tête au ciel était voisine,
Et dont les pieds touchaient à l'empire des morts.

Against the Hard to Suit

Were I a pet of fair Calliope,
I would devote the gifts conferr'd on me
To dress in verse old Aesop's lies divine;
For verse, and they, and truth, do well combine;
But, not a favourite on the Muses' hill,
I dare not arrogate the magic skill,
To ornament these charming stories.
A bard might brighten up their glories,
No doubt. I try,—what one more wise must do.
Thus much I have accomplish'd hitherto:—
By help of my translation,
The beasts hold conversation,
In French, as ne'er they did before.
Indeed, to claim a little more,
The plants and trees, with smiling features,
Are turn'd by me to talking creatures.
Who says, that this is not enchanting?
"Ah," says the critics, "hear what vaunting!
From one whose work, all told, no more is
Than half-a-dozen baby stories."
Would you a theme more credible, my censors,
In graver tone, and style which now and then soars?
Then list! For ten long years the men of Troy,
By means that only heroes can employ,
Had held the allied hosts of Greece at bay,—
Their minings, batterings, stormings day by day,
Their hundred battles on the crimson plain,
Their blood of thousand heroes, all in vain,—
When, by Minerva's art, a horse of wood,
Of lofty size before their city stood,
Whose flanks immense the sage Ulysses hold,

Contre ceux qui ont le goût difficile

Quand j'aurais en naissant reçu de Calliope
Les dons qu'à ses amants cette muse a promis,
Je les consacrerais aux mensonges d'Ésope:

Mais je ne crois pas si chéri du Parnasse

Que de savoir orner toutes ces fictions.
On peut donner du lustre à leurs inventions:
On le peut, je l'essaie: un plus savant le fasse.

Cependant jusqu'ici d'un langage nouveau
J'ai fait parler le loup et répondre l'agneau;

J'ai passé plus avant: les arbres et les plantes

Sont devenus chez moi créatures parlantes.
Qui ne prendrait ceci pour un enchantement?
«Vraiment, me diront nos critiques,
Vous parlez magnifiquement
De cinq ou six contes d'enfant»
Censeurs, en voulez-vous qui soient plus authentiques
Et d'un style plus haut? En voici: «Les Troyens,

«Après dix ans de guerre autour de leurs murailles,
«Avaient lassé les Grecs, qui par mille moyens,

«Par mille assauts, par cent batailles,
«N'avaient pu mettre à bout cette fière cité,
«Quand un cheval de bois, par Minerve inventé,
«D'un rare et nouvel artifice,
«Dans ses énormes flancs reçut le sage Ulysse,

Brave Diomed, and Ajax fierce and bold,
Whom, with their myrmidons, the huge machine
Would bear within the fated town unseen,
To wreak upon its very gods their rage—
Unheard-of stratagem, in any age.
Which well its crafty authors did repay…
"Enough, enough," our critic folks will say;
"Your period excites alarm,
Lest you should do your lungs some harm;
And then your monstrous wooden horse,
With squadrons in it at their ease,
Is even harder to endorse
Than Renard cheating Raven of his cheese.
And, more than that, it fits you ill
To wield the old heroic quill."
Well, then, a humbler tone, if such your will is:—
Long sigh'd and pined the jealous Amaryllis
For her Alcippus, in the sad belief,
None, save her sheep and dog, would know her grief.
Thyrsis, who knows, among the willows slips,
And hears the gentle shepherdess's lips
Beseech the kind and gentle zephyr
To bear these accents to her lover…

"Stop!" says my censor:
"To laws of rhyme quite irreducible,
That couplet needs again the crucible;

Poetic men, sir,
Must nicely shun the shocks
Of rhymes unorthodox."
A curse on critics! hold your tongue!
Know I not how to end my song?
Of time and strength what greater waste
Than my attempt to suit your taste?

«Le vaillant Diomède, Ajax l'impétueux,
«Que ce colosse monstrueux
«Avec leurs escadrons devait porter dans Troie,
«Livrant à leur fureur ses dieux mêmes en proie:
«Stratagème inouï, qui des fabricateurs
«Paya la constance et la peine.»
«C'est assez, me dira quelqu'un de nos auteurs:
La période est longue, il faut reprendre haleine;

Et puis votre cheval de bois,
Vos héros avec leurs phalanges,
Ce sont des contes plus étranges
Qu'un renard qui cajole un corbeau sur sa voix:
De plus il vous sied mal d'écrire en si haut style.»

Eh bien! baissons d'un ton.
«La jalouse Amaryle
«Songeait à son Alcippe et croyait de ses soins
«N'avoir que ses moutons et son chien pour témoins.
«Tircis, qui l'aperçut, se glisse entre des saules;
«Il entend la bergère adressant ces paroles
«Au doux zéphire, et le priant
«De les porter à son amant.»

«Je vous arrête à cette rime,
Dira mon censeur à l'instant;
Je ne la tiens pas légitime.
Ni d'une assez grande vertu.
Remettez, pour le mieux, ces deux vers à la fonte.»

«Maudit censeur! te tairas-tu?
Ne saurai-je achever mon conte?
C'est un dessein très dangereux
Que d'entreprendre de te plaire.»

Some men, more nice than wise,
There's nought that satisfies.

Les délicats sont malheureux:
Rien ne saurait les satisfaire.

The Council Held by the Rats

Old Rodilard, a certain cat,
Such havoc of the rats had made,
'Twas difficult to find a rat
With nature's debt unpaid.
The few that did remain,
To leave their holes afraid,
From usual food abstain,
Not eating half their fill.
And wonder no one will
That one who made of rats his revel,
With rats pass'd not for cat, but devil.
Now, on a day, this dread rat-eater,
Who had a wife, went out to meet her;
And while he held his caterwauling,
The unkill'd rats, their chapter calling,
Discuss'd the point, in grave debate,
How they might shun impending fate.
Their dean, a prudent rat,
Thought best, and better soon than late,
To bell the fatal cat;
That, when he took his hunting round,
The rats, well caution'd by the sound,
Might hide in safety under ground;
Indeed he knew no other means.
And all the rest
At once confess'd
Their minds were with the dean's.
No better plan, they all believed,
Could possibly have been conceived,
No doubt the thing would work right well,
If any one would hang the bell.

Conseil tenu par les rats

Un chat, nommé Rodilardus,
Faisait des rats telle déconfiture
Que l'on n'en voyait presque plus,
Tant il en avait mis dedans la sépulture.
Le peu qu'il en restait n'osant quitter son trou

Ne trouvait à manger que le quart de son soûl,

Et Rodilard passait, chez la gent misérable,
Non pour un chat, mais pour un diable.
Or, un jour qu'au haut et au loin
Le galand alla chercher femme,
Pendant tout le sabbat qu'il fit avec sa dame,
Le demeurant des rats tint chapitre en un coin

Sur la nécessité présente.
Dès l'abord, leur doyen, personne fort prudente,
Opina qu'il fallait, et plus tôt que plus tard,
Attacher un grelot au cou de Rodilard;
Qu'ainsi, quand il irait en guerre,
De sa marche avertis, ils s'enfuiraient en terre;

Qu'ils n'y savaient que ce moyen.
Chacun fut de l'avis de Monsieur le Doyen:

Chose ne leur parut à tous plus salutaire.

La difficulté fut d'attacher le grelot.

But, one by one, said every rat,
"I'm not so big a fool as that."

The plan, knock'd up in this respect,
The council closed without effect.

And many a council I have seen,
Or reverend chapter with its dean,
That, thus resolving wisely,
Fell through like this precisely.

To argue or refute
Wise counsellors abound;
The man to execute
Is harder to be found.

L'un dit: «Je n'y vas point, je ne suis pas si sot,»

L'autre: «Je ne saurais.» Si bien que sans rien faire

On se quitta. J'ai maints chapitres vus,

Qui pour néant se sont ainsi tenus;
Chapitres, non de rats, mais chapitres de moines,
Voire chapitres de chanoines.

Ne faut-il que délibérer,
La cour en conseillers foisonne;
Est-il besoin d'exécuter,
L'on ne rencontre plus personne.

The Wolf Accusing the Fox before the Monkey

A wolf, affirming his belief
That he had suffer'd by a thief,
Brought up his neighbour fox—
Of whom it was by all confess'd,
His character was not the best—
To fill the prisoner's box.
As judge between these vermin,
A monkey graced the ermine;

And truly other gifts of Themis
Did scarcely seem his;
For while each party plead his cause,
Appealing boldly to the laws,
And much the question vex'd,
Our monkey sat perplex'd.
Their words and wrath expended,
Their strife at length was ended;
When, by their malice taught,
The judge this judgment brought:
"Your characters, my friends, I long have known,
As on this trial clearly shown;
And hence I fine you both—the grounds at large
To state would little profit—
You wolf, in short, as bringing groundless charge,
You fox, as guilty of it."

Come at it right or wrong, the judge opined
No other than a villain could be fined.

Le Loup plaidant contre le Renard par-devant le Singe

Un loup disait qu'on l'avait volé.

Un renard, son voisin, d'assez mauvaise vie,

Pour ce prétendu vol par lui fut appelé.
Devant le singe il fut plaidé,

Non point par avocat, mais par chaque partie,
Thémis n'avait point travaillé

De mémoire de singe à fait plus embrouillé.
Le magistrat suait en son lit de justice.
Après qu'on eut bien contesté,
Répliqué, crié, tempêté,
Le juge, instruit de leur malice,
Leur dit: «Je vous connais de longtemps, mes amis,

Et tous deux vous paierez l'amende;

Car toi, loup, tu te plains, quoiqu'on ne t'ait rien pris
Et toi, renard, as pris ce que l'on te demande.»

Le juge prétendait qu'à tort et à travers
On ne saurait manquer, condamnant un pervers.

The Two Bulls and the Frog

Two bulls engaged in shocking battle,
Both for a certain heifer's sake,
And lordship over certain cattle,
A frog began to groan and quake.
"But what is this to you?"
Inquired another of the croaking crew.
"Why, sister, don't you see,
The end of this will be,
That one of these big brutes will yield,
And then be exiled from the field?
No more permitted on the grass to feed,
He'll forage through our marsh, on rush and reed;
And while he eats or chews the cud,
Will trample on us in the mud.
Alas! to think how frogs must suffer
By means of this proud lady heifer!"

This fear was not without good sense.
One bull was beat, and much to their expense;
For, quick retreating to their reedy bower,
He trod on twenty of them in an hour.

Of little folks it oft has been the fate
To suffer for the follies of the great.

Les deux Taureaux et une Grenouille

Deux taureaux combattaient à qui posséderait
Une génisse avec l'empire.

Une grenouille en soupirait.
«Qu'avez-vous?» se mit à lui dire
Quelqu'un du peuple croassant.
«Eh! ne voyez-vous pas, dit-elle,
Que la fin de cette querelle
Sera l'exil de l'un; que l'autre, le chassant,
Le fera renoncer aux campagnes fleuries?
Il ne régnera plus sur l'herbe des prairies,
Viendra dans nos marais régner sur nos roseaux;

Et nous foulant aux pieds jusques au fond des eaux,
Tantôt l'une, et puis l'autre, il faudra qu'on pâtisse
Du combat qu'a causé Madame la Génisse.»

Cette crainte était de bon sens.
L'un des taureaux en leur demeure
S'alla cacher, à leurs dépens:
Il en écrasait vingt par heure.

Hélas, on voit que de tout temps
Les petits ont pâti des sottises de grands.

The Bat and the Two Weasels

A blundering bat once stuck her head
Into a wakeful weasel's bed;
Whereat the mistress of the house,
A deadly foe of rats and mice,
Was making ready in a trice
To eat the stranger as a mouse.
"What! do you dare," she said, "to creep in
The very bed I sometimes sleep in,
Now, after all the provocation
I've suffer'd from your thievish nation?
Are you not really a mouse,
That gnawing pest of every house,
Your special aim to do the cheese ill?
Ay, that you are, or I'm no weasel."
"I beg your pardon," said the bat;
"My kind is very far from that.
What! I a mouse! Who told you such a lie?

Why, ma'am, I am a bird;
And, if you doubt my word,
Just see the wings with which I fly.
Long live the mice that cleave the sky!"
These reasons had so fair a show,
The weasel let the creature go.

By some strange fancy led,
The same wise blunderhead,
But two or three days later,
Had chosen for her rest
Another weasel's nest,

La Chauve-souris et les deux Belettes

Une chauve-souris donna tête baissée
Dans un nid de belettes; et sitôt qu'elle y fut,
L'autre, envers les souris de longtemps courroucée,

Pour la dévorer accourut.
«Quoi? vous osez, dit-elle, à mes yeux vous produire,

Après que votre race a tâché de me nuire!

N'êtes-vous pas souris? Parlez sans fiction.

Oui, vous l'êtes, ou bien je ne suis pas belette.
—Pardonnez-moi, dit la pauvrette,
Ce n'est pas ma profession.
Moi souris! Des méchants vous ont dit ces nouvelles.
Grâce à l'auteur de l'univers,
Je suis oiseau; voyez mes ailes:

Vive la gent qui fend les airs.»
Sa raison plut, et sembla bonne.
Elle fait si bien qu'on lui donne
Liberté de se retirer.

Deux jours après, notre étourdie
Aveuglément va se fourrer
Chez une autre belette, aux oiseaux ennemie.

This last, of birds a special hater.
New peril brought this step absurd;
Without a moment's thought or puzzle,
Dame weasel oped her peaked muzzle
To eat th' intruder as a bird.

"Hold! do not wrong me," cried the bat;
"I'm truly no such thing as that.
Your eyesight strange conclusions gathers.
What makes a bird, I pray? Its feathers.
I'm cousin of the mice and rats.
Great Jupiter confound the cats!"
The bat, by such adroit replying,
Twice saved herself from dying.

And many a human stranger
Thus turns his coat in danger;
And sings, as suits, where'er he goes,
"God save the king!"—or "save his foes!"

La voilà derechef en danger de sa vie.

La dame du logis avec son long museau
S'en allait la croquer en qualité d'oiseau,
Quand elle protesta qu'on lui faisait outrage:
«Moi, pour telle passer! Vous n'y regardez pas

Qui fait l'oiseau? C'est le plumage.
Je suis souris: vivent les rats!»
Jupiter confonde les chats!»
Par cette adroite répartie
Elle sauva deux fois sa vie.

Plusieurs se sont trouvés qui, d'écharpe changeant,
Aux dangers ainsi qu'elle, ont souvent fait la figue.
Le sage dit, selon les gens,
«Vive le Roi! vive la ligue!»

The Bird Wounded by an Arrow

A bird, with plumèd arrow shot,
In dying case deplored her lot:

"Alas!" she cried, "the anguish of the thought!
This ruin partly by myself was brought!
Hard-hearted men! from us to borrow
What wings to us the fatal arrow!
But mock us not, ye cruel race,
For you must often take our place."
The work of half the human brothers
Is making arms against the others.

L'Oiseau blessé d'une Flèche

Mortellement atteint d'une flèche empennée,
Un oiseau déplorait sa triste destinée,
Et disait, en souffrant un surcroît de douleur:
«Faut-il contribuer à son propre malheur!

Cruels humains! Vous tirez de nos ailes
De quoi faire voler ces machines mortelles.
Mais ne vous moquez point, engeance sans pitié:
Souvent il vous arrive un sort comme le nôtre.
Des enfants de Japet toujours une moitié
Fournira des armes à l'autre.»

The Bitch and Her Friend

A bitch, that felt her time approaching,
And had no place for parturition,
Went to a female friend, and, broaching
Her delicate condition,
Got leave herself to shut
Within the other's hut.
At proper time the lender came
Her little premises to claim.
The bitch crawl'd meekly to the door,
And humbly begg'd a fortnight more.
Her little pups, she said, could hardly walk.
In short, the lender yielded to her talk.
The second term expired; the friend had come
To take possession of her house and home.
The bitch, this time, as if she would have bit her,
Replied, "I'm ready, madam, with my litter,
To go when you can turn me out."
Her pups, you see, were fierce and stout.

The creditor, from whom a villain borrows,
Will fewer shillings get again than sorrows.
If you have trusted people of this sort,
You'll have to plead, and dun, and fight; in short,
If in your house you let one step a foot,
He'll surely step the other in to boot.

La Lice et sa Compagne

Une lice étant sur son terme,
Et ne sachant où mettre un fardeau si pressant,
Fait si bien qu'à la fin sa compagne consent

De lui prêter sa hutte, où la lice s'enferme.

Au bout de quelque temps sa compagne revient.

La lice lui demande encore une quinzaine;
Ses petits ne marchaient, disait-elle, qu'à peine.
Pour faire court, elle l'obtient.
Ce second terme échu, l'autre lui redemande
Sa maison, sa chambre, son lit.
La lice cette fois, montre les dents, et dit:
«Je suis prête à sortir avec toute ma bande,
Si vous pouvez nous mettre hors.»
Ses enfants étaient déjà forts.

Ce qu'on donne aux méchants, toujours on le regrette.
Pour tirer d'eux ce qu'on leur prête,
Il faut que l'on en vienne aux coups;
Il faut plaider, il faut combattre.
Laissez-leur un pied chez vous,
Ils en auront bientôt pris quatre.

The Eagle and the Beetle

John Rabbit, by Dame Eagle chased,
Was making for his hole in haste,
When, on his way, he met a beetle's burrow.
I leave you all to think
If such a little chink
Could to a rabbit give protection thorough.
But, since no better could be got,
John Rabbit there was fain to squat.
Of course, in an asylum so absurd,
John felt ere long the talons of the bird.
But first, the beetle, interceding, cried,
"Great queen of birds, it cannot be denied,
That, maugre my protection, you can bear
My trembling guest, John Rabbit, through the air.
But do not give me such affront, I pray;
And since he craves your grace,
In pity of his case,
Grant him his life, or take us both away;
For he's my gossip, friend, and neighbour."
In vain the beetle's friendly labour;
The eagle clutch'd her prey without reply,
And as she flapp'd her vasty wings to fly,
Struck down our orator and still'd him;
The wonder is she hadn't kill'd him.

The beetle soon, of sweet revenge in quest,
Flew to the old, gnarl'd mountain oak,
Which proudly bore that haughty eagle's nest.
And while the bird was gone,
Her eggs, her cherish'd eggs, he broke,
Not sparing one.

L'Aigle et l'Escarbot

L'aigle donnait la chasse à maître Jean Lapin,
Qui droit à son terrier s'enfuyait au plus vite.
Le trou de l'escarbot se rencontre en chemin.
Je laisse à penser si ce gîte

Était sûr; mais où mieux?

Jean Lapin s'y blottit.

L'aigle fondant sur lui nonobstant cet asile,
L'escarbot intercède et dit:
«Princesse des oiseaux, il vous est fort facile
D'enlever malgré moi ce pauvre malheureux;

Mais ne me faites pas cet affront, je vous prie;
Et puisque Jean Lapin vous demande la vie,

Donnez-la-lui, de grâce, ou l'ôtez à tous deux:
C'est mon voisin, c'est mon compère.»

L'oiseau de Jupiter, sans répondre un seul mot,

Choque de l'aile l'escarbot,
L'étourdit, l'oblige à se taire,
Enlève Jean Lapin. L'escarbot indigné

Vole au nid de l'oiseau, fracasse en son absence,

Ses œufs, ses tendres œufs, sa plus douce espérance:
Pas un seul ne fut épargné.

Returning from her flight, the eagle's cry,
Of rage and bitter anguish, fill'd the sky.
But, by excess of passion blind,
Her enemy she fail'd to find.
Her wrath in vain, that year it was her fate
To live a mourning mother, desolate.
The next, she built a loftier nest; 'twas vain;
The beetle found and dash'd her eggs again.
John Rabbit's death was thus revenged anew.
The second mourning for her murder'd brood
Was such, that through the giant mountain wood,
For six long months, the sleepless echo flew.
The bird, once Ganymede, now made
Her prayer to Jupiter for aid;
And, laying them within his godship's lap,
She thought her eggs now safe from all mishap;
The god his own could not but make them—
No wretch, would venture there to break them.
And no one did. Their enemy, this time,

Upsoaring to a place sublime,
Let fall upon his royal robes some dirt,
Which Jove just shaking, with a sudden flirt,
Threw out the eggs, no one knows whither.
When Jupiter inform'd her how th' event
Occurr'd by purest accident,
The eagle raved; there was no reasoning with her;
She gave out threats of leaving court,
To make the desert her resort,
And other brav'ries of this sort.

Poor Jupiter in silence heard
The uproar of his favourite bird.
Before his throne the beetle now appear'd,
And by a clear complaint the mystery clear'd.
The god pronounced the eagle in the wrong.

L'aigle étant de retour et voyant ce ménage,
Remplit le ciel de cris: et pour comble de rage,

Ne sait sur qui venger le tort qu'elle a souffert.
Elle gémit en vain: sa plainte au vent se perd.
Il fallut pour cet an vivre en mère affligée.
L'an suivant, elle mit son nid en lieu plus haut.
L'escarbot prend son temps, fait faire aux œufs le saut.
La mort de Jean lapin derechef est vengée.
Ce second deuil fut tel, que l'écho de ces bois

N'en dormit de plus de six mois.
L'oiseau qui porte Ganymède
Du monarque des dieux enfin implore l'aide,
Dépose en son giron ses œufs, et croit qu'en paix
Ils seront dans ce lieu; que, pour ses intérêts,
Jupiter se verra contraint de les défendre:
Hardi qui les irait là prendre.
Aussi ne les y prit-on pas.
Leur ennemi changea de note,

Sur la robe du dieu fit tomber une crotte;
Le dieu la secouant jeta les œufs à bas.

Quand l'aigle sut l'inadvertance,

Elle menaça Jupiter
D'abandonner sa cour, d'aller vivre au désert,
De quitter toute dépendance,
Avec mainte autre extravagance.
Le pauvre Jupiter se tut:

Devant son tribunal l'escarbot comparut,
Fit sa plainte et conta l'affaire.
On fit entendre à l'aigle enfin qu'elle avait tort.

But still, their hatred was so old and strong,
These enemies could not be reconciled;
And, that the general peace might not be spoil'd,—
The best that he could do,—the god arranged,
That thence the eagle's pairing should be changed,
To come when beetle folks are only found

Conceal'd and dormant under ground.

Mais, les deux ennemis ne voulant point d'accord,

Le monarque des dieux s'avisa, pour bien faire,
De transporter le temps où l'aigle fait l'amour
En une autre saison, quand la race escarbote
Est en quartier d'hiver, et comme la marmotte,
Se cache et ne voit point le jour.

The Lion and the Gnat

"Go, paltry insect, nature's meanest brat!"
Thus said the royal lion to the gnat.

The gnat declared immediate war.
"Think you," said he, "your royal name
To me worth caring for?
Think you I tremble at your power or fame?
The ox is bigger far than you;
Yet him I drive, and all his crew."
This said, as one that did no fear owe,
Himself he blew the battle charge,
Himself both trumpeter and hero.
At first he play'd about at large,
Then on the lion's neck, at leisure, settled,
And there the royal beast full sorely nettled.
With foaming mouth, and flashing eye,
He roars. All creatures hide or fly,—
Such mortal terror at
The work of one poor gnat!
With constant change of his attack,
The snout now stinging, now the back,
And now the chambers of the nose;
The pigmy fly no mercy shows.
The lion's rage was at its height;
His viewless foe now laugh'd outright,
When on his battle-ground he saw,
That every savage tooth and claw
Had got its proper beauty
By doing bloody duty;
Himself, the hapless lion, tore his hide,
And lash'd with sounding tail from side to side.

Le Lion et le Moucheron

«Va-t-en, chétif insecte, excrément de la terre»:
C'est en ces mots que le Lion
Parlait un jour au moucheron.
L'autre lui déclara la guerre.
«Penses-tu, lui dit-il, que ton titre de roi
Me fasse peur, ni me soucie?

Un bœuf est plus puissant que toi,
Je le mène à ma fantaisie.»
A peine il achevait ces mots,
Que lui-même il sonna la charge,
Fut la trompette et le héros.
Dans l'abord il se met au large;
Puis prend son temps, fond sur le cou
Du lion, qu'il rend presque fou.
Le quadrupède écume, et son œil étincelle;
Il rugit; on se cache, on tremble à l'environ:
Et cette alarme universelle
Est l'ouvrage d'un moucheron.
Un avorton de mouche en cent lieux le harcelle:
Tantôt pique l'échine et tantôt le museau.
Tantôt entre au fond du naseau.

La rage alors se trouve à son faîte montée.
L'invisible ennemi triomphe, et rit de voir

Qu'il n'est griffe ni dent en la bête irritée
Qui de la mettre en sang lui fasse son devoir.

Le malheureux lion se déchire lui-même,
Fait résonner sa queue à l'entour de ses flancs,

Ah! bootless blow, and bite, and curse!
He beat the harmless air, and worse;
For, though so fierce and stout,
By effort wearied out,
He fainted, fell, gave up the quarrel.
The gnat retires with verdant laurel.
Now rings his trumpet clang,
As at the charge it rang.
But while his triumph note he blows,
Straight on our valiant conqueror goes
A spider's ambuscade to meet,
And make its web his winding-sheet.

We often have the most to fear
From those we most despise;
Again, great risks a man may clear,
Who by the smallest dies.

Bat l'air, qui n'en peut mais, et sa fureur extrême

Le fatigue, l'abat: le voilà sur les dents.

L'insecte du combat se retire avec gloire:
Comme il sonna la charge, il sonne la victoire,

Va partout l'annoncer, et rencontre en chemin

L'embuscade d'une araignée;
Il y rencontre aussi sa fin.

Quelle chose par là nous peut être enseignée?
J'en vois deux dont l'une est qu'entre nos ennemis
Les plus à craindre sont souvent les plus petits;
L'autre, qu'aux grands périls tel a pu se soustraire,
Qui périt pour la moindre affaire.

The Ass Loaded with Sponges and the Ass Loaded with Salt

A man, whom I shall call an ass-eteer,
His sceptre like some Roman emperor bearing,
Drove on two coursers of protracted ear,
The one, with sponges laden, briskly faring;
The other lifting legs
As if he trod on eggs,
With constant need of goading,
And bags of salt for loading.
O'er hill and dale our merry pilgrims pass'd,
Till, coming to a river's ford at last,
They stopp'd quite puzzled on the shore.
Our asseteer had cross'd the stream before;
So, on the lighter beast astride,
He drives the other, spite of dread,
Which, loath indeed to go ahead,
Into a deep hole turns aside,
And, facing right about,
Where he went in, comes out;
For duckings two or three
Had power the salt to melt,
So that the creature felt
His burden'd shoulders free.
The sponger, like a sequent sheep,
Pursuing through the water deep,
Into the same hole plunges
Himself, his rider, and the sponges.

All three drank deeply: asseteer and ass
For boon companions of their load might pass;
Which last became so sore a weight,

L'ÂNE CHARGÉ D'ÉPONGES ET L'ÂNE CHARGÉ DE SEL

Un ânier, son sceptre à la main,
Menait, en empereur romain,
Deux coursiers à longues oreilles.
L'un, d'éponges chargé, marchait comme un courrier;
Et l'autre, se faisant prier,
Portait, comme on dit, les bouteilles:

Sa charge était de sel. Nos gaillards pèlerins
Par monts, par vaux et par chemins,
Au gué d'une rivière à la fin arrivèrent,
Et fort empêchés se trouvèrent.
L'ânier, qui tous les jours traversait ce gué là,
Sur l'âne à l'éponge monta,
Chassant devant lui l'autre bête,
Qui, voulant en faire à sa tête,
Dans un trou se précipita,
Revint sur l'eau, puis échappa;

Car au bout de quelques nagées,
Tout son sel se fondit si bien
Que le baudet ne sentit rien
Sur ses épaules soulagées.
Camarade épongier prit exemple sur lui,
Comme un mouton qui va devant dessus la foi d'autrui.

Voilà mon âne à l'eau; jusqu'au col il se plonge,
Lui le conducteur et l'éponge.
Tous trois burent d'autant: l'ânier et le grison
Firent à l'éponge raison.
Celle-ci devint si pesante,
Et de tant d'eau s'emplit d'abord,

The ass fell down,
Belike to drown,
His rider risking equal fate.

A helper came, no matter who.
The moral needs no more ado—
That all can't act alike,—
The point I wish'd to strike.

Que l'âne succombant ne put gagner le bord.

L'ânier l'embrassait, dans l'attente
D'une prompte et certaine mort.
Quelqu'un vint au secours: qui ce fut, il n'importe;
C'est assez qu'on ait vu par là qu'il ne faut point
Agir chacun de même sorte.
J'en voulais venir à ce point.

The Lion and the Rat

To show to all your kindness, it behoves:
There's none so small but you his aid may need.
I quote two fables for this weighty creed,
Which either of them fully proves.

From underneath the sward
A rat, quite off his guard,
Popp'd out between a lion's paws.
The beast of royal bearing
Show'd what a lion was
The creature's life by sparing—
A kindness well repaid;
For, little as you would have thought
His majesty would ever need his aid,
It proved full soon
A precious boon.
Forth issuing from his forest glen,
T' explore the haunts of men,
In lion net his majesty was caught,
From which his strength and rage
Served not to disengage.
The rat ran up, with grateful glee,
Gnaw'd off a rope, and set him free.

By time and toil we sever
What strength and rage could never.

Le Lion et le Rat

Il faut, autant qu'on peut, obliger tout le monde:
On a souvent besoin d'un plus petit que soi.
De cette vérité deux fables feront foi,
Tant la chose en preuves abonde.

Entre les pattes d'un lion
Un rat sortit de terre assez à l'étourdie.
Le roi des animaux, en cette occasion,
Montra ce qu'il était et lui donna la vie.

Ce bienfait ne fut pas perdu.
Quelqu'un aurait-il jamais cru
Qu'un lion d'un rat eût affaire?

Cependant il advint qu'au sortir des forêts

Ce lion fut pris dans des rets,
Dont ses rugissements ne le purent défaire.

Sire rat accourut et fit tant par ses dents
Qu'une maille rongée emporta tout l'ouvrage.

Patience et longueur de temps
Font plus que force ni que rage.

The Dove and the Ant

The same instruction we may get
From another couple, smaller yet.

A dove came to a brook to drink,
When, leaning o'er its crumbling brink,
An ant fell in, and vainly tried,
In this, to her, an ocean tide,
To reach the land; whereat the dove,
With every living thing in love,
Was prompt a spire of grass to throw her,
By which the ant regain'd the shore.

A barefoot scamp, both mean and sly,
Soon after chanced this dove to spy;
And, being arm'd with bow and arrow,
The hungry codger doubted not
The bird of Venus, in his pot,
Would make a soup before the morrow.
Just as his deadly bow he drew,
Our ant just bit his heel.
Roused by the villain's squeal,
The dove took timely hint, and flew
Far from the rascal's coop;—
And with her flew his soup.

La Colombe et la Fourmi

L'autre exemple est tiré d'animaux plus petits.

Le long d'un clair ruisseau buvait une colombe,
Quand sur l'eau se penchant une fourmi y tombe,

Et dans cet océan l'on eût vu la fourmi
S'efforcer, mais en vain, de regagner la rive.
La colombe aussitôt usa de charité:
Un brin d'herbe dans l'eau par elle étant jeté,
Ce fut un promontoire où la fourmi arrive.
Elle se sauve; et là-dessus
Passe un certain croquant qui marchait les pieds nus.

Ce croquant, par hasard, avait une arbalète.
Dès qu'il voit l'oiseau de Vénus,
Il le croit en son pot, et déjà lui fait fête.

Tandis qu'à le tuer mon villageois s'apprête,
La fourmi le pique au talon.
Le vilain retourne la tête:
La colombe l'entend, part et tire de long.
Le soupé du croquant avec elle s'envole:
Point de pigeon pour une obole.

The Astrologer Who Stumbled into a Well

To an astrologer who fell
Plump to the bottom of a well,
"Poor blockhead!" cried a passer-by,
"Not see your feet, and read the sky?"

This upshot of a story will suffice
To give a useful hint to most;
For few there are in this our world so wise
As not to trust in star or ghost,
Or cherish secretly the creed
That men the book of destiny may read.
This book, by Homer and his pupils sung,
What is it, in plain common sense,
But what was chance those ancient folks among,
And with ourselves, God's providence?
Now chance doth bid defiance
To every thing like science;
'Twere wrong, if not,
To call it hazard, fortune, lot—
Things palpably uncertain.
But from the purposes divine,
The deep of infinite design,
Who boasts to lift the curtain?
Whom but himself doth God allow
To read his bosom thoughts? and how
Would he imprint upon the stars sublime
The shrouded secrets of the night of time?
And all for what? To exercise the wit
Of those who on astrology have writ?
To help us shun inevitable ills?

L'ASTROLOGUE QUI SE LAISSE TOMBER DANS UN PUITS

Un astrologue un jour se laissa choir
Au fond d'un puits. On lui dit: «Pauvre bête,

Tandis qu'à peine à tes pieds tu peux voir,
Penses-tu lire au-dessus de ta tête?»

Cette aventure en soi, sans aller plus avant,
Peut servir de leçon à la plupart des hommes.
Parmi ce que de gens sur la terre nous sommes
Il en est peu qui fort souvent
Ne se plaisent d'entendre dire
Qu'au livre du destin les mortels peuvent lire.
Mais ce livre, qu'Homère et les siens ont chanté,
Qu'est-ce, que le hasard parmi l'antiquité,

Et parmi nous la providence?
Or, du hasard, il n'est point de science:

S'il en était, on aurait tort
De l'appeler hasard, ni fortune, ni sort,
Toutes choses très incertaines.
Quant aux volontés souveraines
De celui qui fait tout, et rien qu'avec dessein,
Qui les sait, que lui seul? Comment lire en son sein?

Aurait-il imprimé sur le front des étoiles
Ce que la nuit des temps enferme dans ses voiles?
A quelle utilité? Pour exercer l'esprit
De ceux qui de la sphère et du globe ont écrit?
Pour nous faire éviter des maux inévitables?

To poison for us even pleasure's rills?
The choicest blessings to destroy,
Exhausting, ere they come, their joy?
Such faith is worse than error—'tis a crime.
The sky-host moves and marks the course of time;
The sun sheds on our nicely-measured days
The glory of his night-dispelling rays;
And all from this we can divine
Is, that they need to rise and shine,—
To roll the seasons, ripen fruits,
And cheer the hearts of men and brutes.
How tallies this revolving universe
With human things, eternally diverse?
Ye horoscopers, waning quacks,
Please turn on Europe's courts your backs,
And, taking on your travelling lists
The bellows-blowing alchemists,
Budge off together to the land of mists.

But I've digress'd. Return we now, bethinking
Of our poor star-man, whom we left a drinking.
Besides the folly of his lying trade,
This man the type may well be made
Of those who at chimeras stare
When they should mind the things that are.

Nous rendre, dans les biens, de plaisir incapable?
Et, causant du dégoût pour ces biens prévenus,
Les convertir en maux devant qu'ils soient venus?
C'est erreur, ou plutôt, c'est crime de le croire.
Le firmament se meut, les astres font leur cours,
Le soleil nous fuit tous les jours,
Tous les jours sa clarté succède à l'ombre noire,
Sans que nous en puissions autre chose inférer
Que la nécessité de luire et d'éclairer,
D'amener les saisons, de mûrir les semences,
De verser sur les corps certaines influences.
Du reste, en quoi répond au sort toujours divers
Ce train toujours égal dont marche l'univers?
Charlatans, faiseurs d'horoscopes,
Quittez les cours des princes de l'Europe;
Emmenez avec vous les souffleurs tout d'un temps:

Vous ne méritez pas plus de foi que ces gens.
Je m'emporte un peu trop: revenons à l'histoire
De ce spéculateur qui fut contraint de boire.
Outre la vanité de son art mensonger,
C'est l'image de ceux qui baillent aux chimères,
Cependant qu'ils sont en danger,
Soit pour eux, soit pour leurs affaires.

The Hare and the Frogs

Once in his bed deep mused the hare,
(What else but muse could he do there?)

And soon by gloom was much afflicted;—
To gloom the creature's much addicted.
"Alas! these constitutions nervous,"
He cried, "how wretchedly they serve us!
We timid people, by their action,
Can't eat nor sleep with satisfaction;
We can't enjoy a pleasure single,
But with some misery it must mingle.
Myself, for one, am forced by cursed fear
To sleep with open eye as well as ear.
'Correct yourself,' says some adviser.
Grows fear, by such advice, the wiser?
Indeed, I well enough descry
That men have fear, as well as I."
With such revolving thoughts our hare
Kept watch in soul-consuming care.
A passing shade, or leaflet's quiver
Would give his blood a boiling fever.
Full soon, his melancholy soul
Aroused from dreaming doze
By noise too slight for foes,
He scuds in haste to reach his hole.
He pass'd a pond; and from its border bogs,
Plunge after plunge, in leap'd the timid frogs,

"Aha! I do to them, I see,"
He cried, "what others do to me.
The sight of even me, a hare,

Le Lièvre et les Grenouilles

Un lièvre en son gîte songeait
(Car que faire en un gîte, à moins que l'on ne songe?);

Dans un profond ennui ce lièvre se plongeait:
Cet animal est triste, et la crainte le ronge.

«Les gens de naturel peureux
Sont, disait-il, bien malheureux;
Ils ne sauraient manger morceau qui leur profite,
Jamais un plaisir pur, toujours assauts divers.
Voilà comme je vis: cette crainte maudite
M'empêche de dormir, sinon les yeux ouverts.
Corrigez-vous, dira quelque sage cervelle.
Et la peur se corrige-t-elle?
Je crois même qu'en bonne foi
Les hommes ont peur comme moi»
Ainsi raisonnait notre lièvre,
Et cependant faisait le guet.
Il était douteux, inquiet:
Un souffle, une ombre, un rien, tout lui donnait la fièvre.
Le mélancolique animal,
En rêvant à cette matière,
Entend un léger bruit: ce lui fut un signal
Pour s'enfuir devers sa tanière.
Il s'en alla passer sur le bord d'un étang.
Grenouilles aussitôt de sauter dans les ondes,
Grenouilles de rentrer en leurs grottes profondes.
«Oh! dit-il, j'en fais faire autant
Qu'on m'en fait faire! Ma présence
Effraye aussi les gens, je mets l'alarme au camp!

Sufficeth some, I find, to scare.
And here, the terror of my tramp
Hath put to rout, it seems, a camp.

The trembling fools! they take me for
The very thunderbolt of war!
I see, the coward never skulk'd a foe
That might not scare a coward still below."

Et d'où me vient cette vaillance?
Comment! des animaux qui tremblent devant moi!
Je suis donc un foudre de guerre?
Il n'est, je le vois bien, si poltron sur la terre
Qui ne puisse trouver un plus poltron que soi.»

The Cock and the Fox

Upon a tree there mounted guard
A veteran cock, adroit and cunning;
When to the roots a fox up running,
Spoke thus, in tones of kind regard:—
"Our quarrel, brother, 's at an end;
Henceforth I hope to live your friend;
For peace now reigns
Throughout the animal domains.
I bear the news:—come down, I pray,
And give me the embrace fraternal;
And please, my brother, don't delay.
So much the tidings do concern all,
That I must spread them far to-day.
Now you and yours can take your walks
Without a fear or thought of hawks.
And should you clash with them or others,
In us you'll find the best of brothers;—
For which you may, this joyful night,
Your merry bonfires light.
But, first, let's seal the bliss
With one fraternal kiss."
"Good friend," the cock replied, "upon my word,
A better thing I never heard;

And doubly I rejoice
To hear it from your voice;
And, really there must be something in it,
For yonder come two greyhounds, which I flatter
Myself are couriers on this very matter.
They come so fast, they'll be here in a minute.

Le Coq et le Renard

Sur la branche d'un arbre était en sentinelle
Un vieux coq adroit et matois.

«Frère, dit un renard, adoucissant sa voix,
Nous ne sommes plus en querelle:

Paix générale cette fois.

Je viens te l'annoncer, descends, que je t'embrasse.

Ne me retarde point, de grâce;
Je dois faire aujourd'hui vingt postes sans manquer.

Les tiens et toi pouvez vaquer,
Sans nulle crainte, à vos affaires;

Nous vous y servirons en frères.

Faites en les feux dès ce soir,
Et cependant, viens recevoir
Le baiser d'amour fraternelle.
—Ami, reprit le coq, je ne pouvais jamais
Apprendre une plus douce et meilleure nouvelle
Que celle
De cette paix;
Et ce m'est une double joie
De la tenir de toi. Je vois deux lévriers,

Qui, je m'assure, sont courriers
Que pour ce sujet on m'envoie.
Ils vont vite et seront dans un moment à nous

I'll down, and all of us will seal the blessing
With general kissing and caressing."
"Adieu," said fox; "my errand's pressing;
I'll hurry on my way,
And we'll rejoice some other day."
So off the fellow scamper'd, quick and light,
To gain the fox-holes of a neighbouring height,
Less happy in his stratagem than flight.
The cock laugh'd sweetly in his sleeve;—

'Tis doubly sweet deceiver to deceive.

Je descends: nous pourrons nous entre-baiser tous.

—Adieu, dit le renard, ma traite est longue à faire,

Nous nous réjouirons du succès de l'affaire
Une autre fois.» Le galand aussitôt
Tire ses grègues, gagne au haut,
Mal content de son stratagème.
Et notre vieux coq en soi-même
Se mit à rire de sa peur;
Car c'est double plaisir de tromper le trompeur.

The Raven Wishing to Imitate the Eagle

The bird of Jove bore off a mutton,
A raven being witness.
That weaker bird, but equal glutton,
Not doubting of his fitness
To do the same with ease,
And bent his taste to please,
Took round the flock his sweep,
And mark'd among the sheep,
The one of fairest flesh and size,
A real sheep of sacrifice—
A dainty titbit bestial,
Reserved for mouth celestial.
Our gormand, gloating round,
Cried, "Sheep, I wonder much
Who could have made you such.
You're far the fattest I have found;
I'll take you for my eating."
And on the creature bleating
He settled down. Now, sooth to say,
This sheep would weigh
More than a cheese;
And had a fleece
Much like that matting famous
Which graced the chin of Polyphemus;
So fast it clung to every claw,
It was not easy to withdraw.
The shepherd came, caught, caged, and, to their joy,
Gave croaker to his children for a toy.

Ill plays the pilferer the bigger thief;
One's self one ought to know;—in brief,

Le Corbeau voulant imiter l'Aigle

L'oiseau de Jupiter enlevant un mouton,
Un corbeau, témoin de l'affaire,
Et plus faible de reins, mais non pas moins glouton,

En voulant sur l'heure autant faire.

Il tourne à l'entour du troupeau,
Marque entre cent moutons le plus gras, le plus beau,

Un vrai mouton de sacrifice:

On l'avait réservé pour la bouche des Dieux.
Gaillard corbeau disait, en le couvant des yeux:
«Je ne sais qui fut ta nourrice;

Mais ton corps me paraît en merveilleux état:
Tu me serviras de pâture»
Sur l'animal bêlant à ces mots il s'abat.

La moutonnière créature
Pesait plus qu'un fromage, outre que sa toison
Était d'une épaisseur extrême,
Et mêlée à peu près de la même façon
Que la barbe de Polyphème.
Elle empêtra si bien les serres du corbeau,
Que le pauvre animal ne put faire retraite.
Le berger vient, le prend, l'encage et beau
Le donne à ses enfants pour servir d'amusette.

Il faut se mesurer; la conséquence est nette:
Mal prend aux volereaux de faire les voleurs.

Example is a dangerous lure;
Death strikes the gnat, where flies the wasp secure.

L'exemple est un dangereux leurre:
Tous les mangeurs de gens ne sont pas grands seigneurs;
Où la guêpe a passé, le moucheron demeure.

The Peacock Complaining to Juno

The peacock to the queen of heaven
Complain'd in some such words:—
"Great goddess, you have given
To me, the laughing-stock of birds,
A voice which fills, by taste quite just,
All nature with disgust;
Whereas that little paltry thing,
The nightingale, pours from her throat
So sweet and ravishing a note,
She bears alone the honours of the spring."

In anger Juno heard,
And cried, "Shame on you, jealous bird!
Grudge you the nightingale her voice,
Who in the rainbow neck rejoice,

Than costliest silks more richly tinted,
In charms of grace and form unstinted,—
Who strut in kingly pride,
Your glorious tail spread wide
With brilliants which in sheen do
Outshine the jeweller's bow window?
Is there a bird beneath the blue
That has more charms than you?
No animal in everything can shine.
By just partition of our gifts divine,
Each has its full and proper share;
Among the birds that cleave the air,
The hawk's a swift, the eagle is a brave one,
For omens serves the hoarse old raven,
The rook's of coming ills the prophet;

Le Paon se plaignant à Junon

Le paon se plaignait à Junon.

«Déesse, disait-il, ce n'est pas sans raison
Que je me plains, que je murmure:
Le chant dont vous m'avez fait don
Déplaît à toute la nature;
Au lieu qu'un rossignol, chétive créature,

Forme ses sons aussi doux qu'éclatants,
Est lui seul l'honneur du printemps.»

Junon répondit en colère:
«Oiseau jaloux, et qui devrais te taire,
Est-ce à toi d'envier la voix du rossignol,
Toi que l'on voit porter à l'entour de ton col
Un arc en ciel nué de cent sortes de soies,

Qui te panades, qui déploies
Une si riche queue, et qui semble à nos yeux

La boutique d'un lapidaire?
Est-il quelque oiseau sous les cieux
Plus que toi capable de plaire?
Tout animal n'a pas toutes propriétés.
Nous vous avons donné diverses qualités:
Les uns ont la grandeur et la force en partage;

Le faucon est léger, l'aigle plein de courage;
Le corbeau sert pour le présage;
La corneille avertit des malheurs à venir;

And if there's any discontent,
I've heard not of it.

"Cease, then, your envious complaint;
Or I, instead of making up your lack,
Will take your boasted plumage from your back."

Tous sont contents de leur ramage.

Cesse donc de te plaindre; ou bien, pour te punir,

Je t'ôterai ton plumage.»

The Cat Metamorphosed into a Woman

A bachelor caress'd his cat,
A darling, fair, and delicate;
So deep in love, he thought her mew
The sweetest voice he ever knew.
By prayers, and tears, and magic art,

The man got Fate to take his part;
And, lo! one morning at his side
His cat, transform'd, became his bride.

In wedded state our man was seen
The fool in courtship he had been.
No lover e'er was so bewitch'd
By any maiden's charms
As was this husband, so enrich'd
By hers within his arms.
He praised her beauties, this and that,
And saw there nothing of the cat.
In short, by passion's aid, he
Thought her a perfect lady.

'Twas night: some carpet-gnawing mice
Disturb'd the nuptial joys.
Excited by the noise,
The bride sprang at them in a trice;
The mice were scared and fled.
The bride, scarce in her bed,
The gnawing heard, and sprang again,—
And this time not in vain,
For, in this novel form array'd,
Of her the mice were less afraid.

La Chatte métamorphosée en Femme

Un homme chérissait éperdument sa chatte;
Il la trouvait mignonne, et belle, et délicate,
Qui miaulait d'un ton fort doux:
Il était plus ou que les fous.
Cet homme donc, par prières, par larmes,
Par sortilèges et par charmes,
Fait tant qu'il obtient du destin
Que sa chatte, en un beau matin,
Devient femme; et, le matin même,
Maître sot en fait sa moitié.
Le voilà fou d'amour extrême,
De fou qu'il était d'amitié.
Jamais la dame la plus belle
Ne charma tant son favori
Que fait cette épouse nouvelle
Son hypocondre de mari.

Il n'y trouve plus rien de chatte.

Un soir quelques souris qui rongeaient de la natte
Troublèrent le repos des nouveaux mariés.

Aussitôt la femme est sur pieds.
Elle manqua son aventure.
Souris de revenir, femme d'être en posture:

Pour cette fois, elle accourut à point;

Through life she loved this mousing course,
So great is stubborn nature's force.

In mockery of change, the old
Will keep their youthful bent.
When once the cloth has got its fold,
The smelling-pot its scent,
In vain your efforts and your care
To make them other than they are.
To work reform, do what you will,
Old habit will be habit still.
Nor fork nor strap can mend its manners,

Nor cudgel-blows beat down its banners.

Secure the doors against the renter,
And through the windows it will enter.

Ce lui fut toujours une amorce,
Tant le naturel a de force.

Il se moque de tout, certain âge accompli.

Le vase est imbibé, l'étoffe a pris son pli.

En vain de son train ordinaire
On le veut désaccoutumer:
Quelque chose qu'on puisse faire,
On ne saurait le réformer.
Coups de fourche ni d'étrivières
Ne lui font changer de manière;
Et fussiez-vous embâtonnés,
Jamais vous n'en serez les maîtres.
Qu'on lui ferme la porte au nez,
Il reviendra par les fenêtres.

The Lion and the Ass Hunting

The king of animals, with royal grace,
Would celebrate his birthday in the chase.
'Twas not with bow and arrows,
To slay some wretched sparrows;
The lion hunts the wild boar of the wood,
The antlered deer and stags, the fat and good.
This time, the king, t' insure success,
Took for his aide-de-camp an ass,
A creature of stentorian voice,
That felt much honour'd by the choice.
The lion hid him in a proper station,
And order'd him to bray, for his vocation,
Assured that his tempestuous cry
The boldest beasts would terrify,
And cause them from their lairs to fly.
And, sooth, the horrid noise the creature made

Did strike the tenants of the wood with dread;
And, as they headlong fled,
All fell within the lion's ambuscade.
"Has not my service glorious
Made both of us victorious?"
Cried out the much-elated ass.
"Yes," said the lion; "bravely bray'd!
Had I not known yourself and race,
I should have been myself afraid!"
If he had dared, the donkey
Had shown himself right spunky
At this retort, though justly made;
For who could suffer boasts to pass
So ill-befitting to an ass?

Le Lion et l'Âne chassant

Le roi des animaux se mit un jour en tête
De giboyer: il célébrait sa fête.

Le gibier du lion, ce ne sont pas moineaux,
Mais beaux et bons sangliers, daims et cerfs bons et beaux.

Pour réussir dans cette affaire,
Il se servit du ministère
De l'âne à la voix de Stentor.
L'âne à Messer lion fit office de cor.
Le lion le posta, le couvrit de ramée,
Lui commanda de braire, assuré qu'à ce son

Les moins intimidés fuiraient de leur maison.

Leur troupe n'était pas encore accoutumée
A la tempête de sa voix;
L'air en retentissait d'un bruit épouvantable:
La frayeur saisissait les hôtes de ces bois,
Tous fuyaient, tous tombaient au piège inévitable
Où les attendait le lion.
«N'ai-je pas bien servi dans cette occasion?

Dit l'âne en se donnant tout l'honneur de la chasse.
—Oui, reprit le lion, c'est bravement crié:
Si je ne connaissais ta personne et ta race,
J'en serais moi-même effrayé.»
L'âne, s'il eût osé, se fut mis en colère,

Encor qu'on le raillât avec juste raison;
Car qui pourrait souffrir un âne fanfaron?

Ce n'est pas là leur caractère.

www.ingramcontent.com/pod-product-compliance
Lightning Source LLC
Chambersburg PA
CBHW020548310726
48979CB00008B/1131/J

9780991440771